Dieses Buch ist der unveränderte Reprint einer älteren Ausgabe.

Erschienen bei FISCHER Digital

Printed in Germany
ISBN 978-3-596-30716-6

Fischer

Weiterführende Informationen finden Sie unter
www.fischerverlage.de

Über dieses Buch Als ein Glücksfall wurde Detlev Meyers zerknirschter Großstadtfreak, der stets verhinderte Dichter Dorn mit dem »permanenten Durchblick«, von Presse und Publikum gefeiert, wie übrigens schon im ersten Teil der bestürzenden Biographie ›Im Dampfbad greift nach mir ein Engel‹. Hier im zweiten Band greift Dorn zum Fahrrad.

Eingerahmt von zwei Briefen jeweils an einen jugendlichen Softie ist Dorns Bericht über zwei Fahrradtouren von Berlin ans Steinhuder Meer, die er zusammen mit dem eifersuchtsgepeinigten Freund Viktor (»Wir spielen Strindberg für Schwule«) und einer gewissen engelsgeduldigen Todora unternimmt: die erste, ›Tour der Freuden‹, ist ein äußerst geglücktes, witziges Unternehmen, die zweite, ›Tour der Leiden‹, geht ganz schief, nicht nur weil Dorn in seinem Vorhaben, »ein Buch der Natur, der Nacht und des Nichts« zu schreiben, wieder einmal gestört wird und weil ihm ein Torsten aus Stade dazwischenkommt, sondern auch, weil es nach der alten Boxerweisheit »they never come back« nur schiefgehen kann.

So schließt dieses hochvergnügliche Buch mit einem elegischen ›Brief an eine schöne Seele‹, wahrlich nicht der ersten frechen Erinnerung an die Literaturgeschichte in diesem blitzgescheiten Buch.

Der Autor Detlev Meyer, »ein Virtuose des Leichtsinns« (›Die Zeit‹), geb. 1950 in Berlin, Studium der Bibliotheks- und Informationswissenschaften in Berlin und Cleveland, Ohio. Bibliothekar in Toronto, Entwicklungshelfer in Jamaica. Literaturstipendium des Berliner Senats 1980 und 1984, Döblin-Stipendium 1986. Bisher erschienen ein Gedichtband ›Heute nacht im Dschungel‹, 1981, und der ›Biographie der Bestürzung‹ erster Band, ›Im Dampfbad greift nach mir ein Engel‹ (Fischer Taschenbuch Bd. 8261); ferner Veröffentlichungen in Zeitschriften und Anthologien.

Detlev Meyer

David steigt aufs Riesenrad

Biographie der Bestürzung
2. Band

Fischer Taschenbuch Verlag

Ungekürzte Ausgabe
Veröffentlicht im Fischer Taschenbuch Verlag GmbH,
Frankfurt am Main, Februar 1989

Lizenzausgabe mit freundlicher Genehmigung
des Verlages Eremiten-Presse, Düsseldorf

Umschlaggestaltung: Rambow, Lienemeyer, van de Sand
unter Verwendung einer Illustration
von Christoph Eschweiler
Gesamtherstellung: Clausen & Bosse, Leck
Printed in Germany
ISBN 3-596-28306-X

für Wolfram

Briefe an ein Eulenkind

Du weißt alles. Du bist durch nichts zu verblüffen. Unmöglich ist es, Dir etwas Neues zu sagen oder zu zeigen. Alles kennst Du, hast alles gehört, gesehen und gelesen. Meine literarischen und cineastischen Entdeckungen machen Dich gähnen. Ich schwärme von der Reproduktion eines Gemäldes, und Du sagst, Du hättest vor dem Original gestanden, im Prado oder im Louvre oder gar in der Eremitage.

Ich will Dir von Harry's Bar in Paris erzählen, und Du ziehst aus der Jackettasche eine Getränkerechnung aus New York, von Harry's Bar natürlich.

Die Hemden, die ich mir gerade gekauft habe, hast Du schon vor einer Saison abgelegt. Du besitzt die schöneren Schuhe und trägst Krawattennadeln, die seit vier Generationen die feinen Männer Deiner feinen Familie zieren. Du fährst zwar keinen Porsche, aber Du vermittelst entschieden den Eindruck, als hättest Du schon drei Sportwagen zu Schrott gefahren. Totalschäden überstehst Du, ohne daß Dir ein Haar gekrümmt wird. Du steigst aus Trümmern, wie andere Menschen aus dem Schaumbad.

Auf Deinem elfenbeinernen Beißring stand: Noli me tangere. Als Du dann Zähne bekamst, stand es auf Deinem Gesicht. Dort ist es noch immer zu lesen.

Ich bin zwölf Jahre älter als Du, aber hinter Dir liegt unendlich mehr Vergangenheit. Wie kommt das, ich habe mein Leben doch nicht auf der Ofenbank verdöst, ich bin doch auch herumgekommen in Gesellschaft und Welt? Wie kann das angehen, daß Du mehr Menschen und Länder kennst als ich? Mehr Berufe ausgeübt hast und heftiger trinkst? Wieviel Stunden hat Dein Tag, und Dein Jahr, hat es zwölfmal zwölf Monate?

Wenn Du von früher berichtest, und Du sagst wirklich ›früher‹, fange ich an zu rechnen. ›Früher‹, das liegt mindestens zehn Jahre zurück, wenn Du das Wort sinngemäß gebrauchst, und ich kenne kein Wort, bei dem Du Dich vergriffest. ›Früher‹, ich bitte Dich, da warst Du gerade zwölf Jahre alt, da warst Du noch nicht einmal ›Teenager‹, in kurzen Hosen bist Du in die Schule gerannt, aufgeregt wegen einer Klassenarbeit oder einer Chorprobe. Erzähl mir nicht von früher, Dein ›früher‹ bricht erst morgen an.

Keineswegs bezweifle ich, daß Du ein Wunderkind warst, schlafend bist Du es noch immer, aber Deine Wunder hast Du doch am Klavier vollbracht und nicht in den Kaschemmen Kairos. Und Deine Frauen früher, verzeih, meinst Du damit nicht vielleicht doch Deine Mutter und die Tanten? Ich weiß wohl: Deine gegenwärtige Dürftigkeit soll mit vergangener Fülle entschuldigt werden. Gestürmt durch tolle Tage, willst Du nun ausruhen dürfen, Atem schöpfen, Dich auch mal aufs Ohr legen.

Bitte! Aber verbreite doch nicht permanent diese Lebensabend-Stimmung. Glaub mir, mit zweiundzwanzig hat man noch ein paar schöne Jahre vor sich. Warum willst Du unbedingt die Abgeklärtheit gepachtet haben, sag mir das! Das verlangt doch niemand von Dir.

Du machst auf alt, ich mach auf jung, und das macht unsere Freundschaft aus. Ist es so?

So ist es, sagst Du, weil Du alles weißt.

Bei Gelegenheit mußt Du mir einmal Deinen Ausweis zeigen, ich mag einfach nicht glauben, daß Du erst zweiundzwanzig Jahre alt bist, zwei läppische Jahrzehnte plus zwei Dutzend Monate! Mein Sohn könntest Du sein, wenn wir davon ausgehen, daß ich im Alter von zwölf schon zeugungsfähig war (ich denke, wir können davon ausgehen). Weise sprichst Du wie eine alte Eule, und dabei siehst Du doch aus wie ein sonntäglich geputztes Kind, das alle Welt den ›Träumer‹ nennt.

Die jungen Männer Deines Jahrgangs verkleiden sich als Tina Turner oder Ilse Werner, Du aber kommst daher als die drei Nornen, bist Urd, Werdandi und Skuld, spielst ganz allein auf als das Schicksalstrio, streichst düster Vergangenheits-Viola und Gegenwarts-Geige und zupfst dazu die Zukunfts-Zither. Zögernd verzagt.

›Nichtig‹ singt Dein ungeküßter Mund, ›nichtig seien Lieb' und Leben‹. Öfter als mein lebensmüder Deutschlehrer sagst Du, daß alles Vergängliche nur ein Gleichnis sei und unser Tun eitel.

Du machst mich rasend!

Laß Dich ein auf die Liebe und das Leben, auf das gleichnishaft Vergängliche und das eitle Tun. Bei Liebe und Tun will ich Dir gerne helfen, aber das weißt Du natürlich schon wieder, und damit hat sich das auch erledigt.

Du stehst im ›Dschungel‹ an der Bar und sagst: Früher habe ich recht viel getrunken, heute jedoch weiß ich, daß ein klarer Kopf die beste aller Drogen ist. Und dann ziehen wir weiter, ich an Deinem Arm, nicht umgekehrt, und im ›Querelle‹ läßt Du verlauten: Früher habe ich recht gern karibische Cocktails gemixt.

Und ich stelle mir einen zarten, blonden Engel vor, der routiniert schwankend einen Planter's Punch zubereitet, am Vorabend seines dreizehnten Geburtstages.

Bist Du nun wundersam oder altklug? Spricht aus Dir olympische Gelassenheit oder Großmutters Weltverdruß? Bist Du ein Heiliger oder ein Hochstapler? Folgt man Dir oder geht man Dir auf den Leim?

Sowohl als auch, sagst Du jetzt gewiß, es ist immer das eine wahr, aber auch das andere. Wann werdet ihr – also wir, die Menschen – das endlich einsehen?

Deinen Blick läßt Du über uns, die Menschen, schweifen und denkst: Ihr Toren!

Toren zumal die Liebenden, nicht wahr, mein keuscher Knabe! Die Bedrängenden, die Begehrenden, die Begierigen, die Nicht-Lateiner, die Berührer!

Mußt nicht blaß um die Nase werden, will Dir niemand was tun...

Wir haben Zeit. Was Werdandi heute verwehrt, wird Skuld morgen gewähren. Oder sagen wir so: Auch Du bist fällig, früher oder später!

Nun schlaf und träum und werde irr an Deinen Träumen!

Du schaust in mein Herz, als läge es bloß!

Da fahre ich für ein paar Tage an die Ostsee, gehe abends am Strand spazieren, schreibe mit Muscheln Deinen Namen in den Sand – am Meer werde ich immer kitschig –, rufe Dich an und erzähle Dir, daß ich Deinen Namen in den Sand geschrieben habe, und du fragst: Mit Muscheln? Und ich sage: Ja, mit Muscheln und schäme mich dieser Torheit, und Du sagst ›Tschüß‹, als wäre ich ein Klassenkamerad, und denkst: Lieb gemeint, aber leider allzu indiskret. Nicht mein Geschmack!

Übrigens werde ich auch diesen Brief nicht abschikken. Du kennst seinen Inhalt eh. Kennst den Inhalt aller geschriebenen und zur Seite gelegten, aller noch zu schreibenden und zur Seite zu legenden Briefentwürfe und -skizzen, aller Postkarten und Telegramme, kennst jedes Wort von mir in jeder Vermittlung.

Du bist nicht gut für meinen Blutdruck. Ich liebe Dich gegen den Rat meines Internisten. Wenn Du wüßtest, wie derzeit mein EKG aussieht, Du würdest mich erhören. Was gewonnen wäre?

Du hast recht. Nichts wäre gewonnen, meinen einzigen Kick hätte ich verspielt, den Kick der Askese. Es ist absolut erotisierend, mit Dir nicht zu kopulieren. Perverser geht's kaum! Diesen Brief darf ich wirklich nicht abschicken! Von dem Geld, das ich am Porto spare, führe ich Dich groß aus.

Meine Leser ahnen es: Champagner werde ich servieren und körbeweise Austern. Unter uns: Edelzwikker und Zwiebelkuchen sind mir lieber. Aber das darf ich in Berlin öffentlich nicht zu mir nehmen, darunter litte mein Ruf. Für jedes verkaufte Buch muß ich die

Champagner-Arie schmettern, ich bin schon ganz heiser.

Alle Berliner dürfen ihr ›Kindl‹ trinken, nur ich nicht. Das ist ein hoher Preis für einen derart niedrigen Bekanntheitsgrad. Unverschämt, was ich blechen muß!

Oder aber: Wir tragen das Geld in die Spielbank, setzen auf Null und gewinnen ein Vermögen.

Würde Dich das verblüffen, verschlüge Dir das die Sprache? Vertriebe Dir das Glück Deine prinzliche Langeweile, und sei es nur für eine kurze Nacht im Casino.

Ich weiß, Deine Augen haben alles gesehen, aber haben sie auch schon einen Überseekoffer voll mit Tausendmarkscheinen gesehen? Sei ehrlich, ist wenigstens der Reichtum neu für Dich?

Eigentlich nicht, wirst Du antworten und lächelnd um Pardon bitten, ich bin nämlich für den Reichtum geboren, sozusagen: luxusmäßig angelegt. Ich will jedoch nicht verhehlen, daß der tatsächliche Besitz von 3 Millionen Mark mich zu erstaunen vermöchte. Doch, doch! Damit habe ich so schnell nicht gerechnet. Das ist fast ein Wunder...

Da bin ich aber froh! Überflüssig zu sagen, daß Du Dich an Wunder natürlich nicht gewöhnen mußt, auf sie bist Du seit frühester Kindheit bestens vorbereitet, ich weiß. Verwundern kann Dich allenfalls ihr Ausbleiben, nicht wahr? Wie wird es sein mit all dem Geld? Komm, sag mir, wie es sein wird!

Ich denke, wirst Du anheben, es wird recht einfach sein. Wir werden immer berauscht sein, pfauenfederleicht tipsy wie die jungen Lords in Oscar Wildes Komödien.

Sprich weiter, Du Eulenkind, werde ich bitten und mit geschlossenen Augen nach Deiner Hand greifen, die, so ein weiteres Wunder geschieht, Du mir nicht entziehen wirst, oder nur zögernd.

Hüsteln wirst Du, verlegen an Deinem Ring drehen und fortfahren: Wir werden die Welt sehen durch die goldgetönten Scheiben eines Salonwagens von orientalischer Pracht. Abends werden wir uns am Kamin gegenüberstehen...

Augenblick mal, Du meinst, wir haben einen Kamin im Salonwagen? Ist das denn zulässig?

Taktvoll wirst Du derartige Detailfragen übergehen: Abends werden wir uns am Kamin gegenüberstehen,... eine Hand in der Hosentasche... Laß es meine Hand in Deiner Hose sein, werde ich einwerfen, um erneut keiner Antwort gewürdigt zu werden.

...eine Hand in der Hosentasche, in der anderen einen perfekt gemixten Martini, und wir werden einen Toast aussprechen auf das Leben schlechthin.

Und auf die Liebe. Die Liebe leichthin.

Das werde ich sagen, um mich an Deinem Erröten zu weiden. Nein, aufgeilen, ich buchstabiere: aufgeilen, werde ich mich an Deinen glühenden Kinderwangen, wie an anderer Männer Schamlosigkeit.

Und während Du den Faden des Glücks weiterspinnst (Keine Sorge wird schwerer wiegen als ein Brautschleier), verschlinge ich Dich mit den Augen und gebe noch einen Drink aus, um Dich betrunken zu machen und willenlos. Jawohl, willenlos! Das feine Herrchen willenlos, Omas kleiner Kavalier willenlos, Mamas Augenstern willenlos. Das weiße Krägelchen soll Dir verrutschen zum Entsetzen des Domchorleiters!

Trink!

Aber bevor Du betrunken wirst, liege ich bereits unter dem Tisch. Bin ich geschickt vom Stuhl geglitten, ruht mein Kopf auf Deinen Oberschenkeln, die streicheln zu lassen Dir Deine Mutter vor zehn Jahren verboten hat, ich weiß!

Aber das war früher, und mittlerweile darfst Du nachts lange aufbleiben und furchtbar viel Bier trinken.

Also, trink!

Du hast mir ein Photo geschenkt. Schönen Dank!

Auf dem bist Du siebzehn sonnengebräunte Jahre alt, und das schneeweiße Hemd ist aufgeknöpft bis zum Bauchnabel. Für Deine verklemmten Verhältnisse ist das fast ein Porno. Ich bekomme einen trokkenen Mund, wenn ich es betrachte. Was soll das?

Willst Du mir den Kopf von den Schultern schrauben? Verdreht hast Du ihn mir eh, und zwar exakt siebenunddreißig Minuten nachdem ich Dich das erste Mal gesehen hatte, in diesem etwas ärmlichen alternativen Café am Walter-Schreiber-Platz. Erinnerst Du Dich?

Um nicht ständig auf Deine mädchenhaft schönen Lippen zu starren, lenkte ich meinen Blick immer wieder verlegen auf die Digital-Uhr über dem Frauen-Klo.

Um 23 Uhr 49 setzte ich mich an Deinen Tisch, um 00 Uhr 26 war ich unsterblich verliebt (auch alternative Cafés machen mich kitschig). Viktor war auch dabei, erinnerst Du Dich? Viktor sagte: Da haben sich zwei gesucht und gefunden. Und Sophie sagte, Sophie war auch dabei, erinnerst Du Dich?, das ist doch gut!

Wir sprachen über die Schönen Künste und um 01 Uhr 23 hielt ich für dreißig Sekunden Deine Hand!

Ich habe in meinem Leben leidenschaftlichere Nächte erlebt, actionreich und ausgefallen, aber nicht eine hat mich so nachhaltig verwirrt wie dieser backfischhafte Hautkontakt.

Was das soll, möchte ich wissen. Händchenhalten!

In Berlin wird nicht händchengehalten! Wie oft soll ich das noch sagen! Ohne langes Federlesen geht es hier in die Betten, mein Lieber, und zwar im Tempo der Großstadt. Geflirtet wird hier zur Rush-hour, die

Blaue Stunde schlägt hier nicht mehr. Ich denke, Du weißt alles, warum weißt Du das nicht? Und warum willst Du nicht wissen, was ich mit Deinem Photo anstelle?

Ich werd Dir sagen, was ich mit Deinem Jugendbildnis alles so anstelle: Ich klemme es mir beim Onanieren zwischen die Oberschenkel, klemm es zwischen Glied und Sack, fahre es über die Eichel, fahre es über Bauch und Brust, lecke es ab, küsse es stumpf, spritze es voll und tupfe es ab. Dein Photo solltest Du sehen, Du würdest Dich kaum noch erkennen!

Was sagst Du nun, Du eloquente Begabung? Überrascht? Du hast vor den großen Gemälden der abendländischen Malerei gestanden, kühl und fein, in Madrid, Paris und Leningrad; fasziniert nicht von den Bildern, sondern ob des Berührungsverbots, und ich ficke Dein Photo, ordinärhitzig, hier in Berlin, wo man sich an jeden Mann ranmachen darf, es sei denn, ihn schmückte ein Goldhelm. Du, Dich schneide ich auch noch aus dem Rahmen!

Verzeih, mein Freund, ich ließ mich gehen. Verzeih! Dein Photo ist bei mir in den besten, saubersten, unschuldigsten Händen, glaub mir!

Unverrückbar steht es auf meinem Schreibtisch, zwischen Hühnergott und Diktiergerät, und ich habe es auch nie zwischen meine Oberschenkel geklemmt. Wie immer bist Du hinter Glas, und jeden zweiten Tag wasche ich Dein schneeweißes Hemd mit Sidolin.

Ich will Dich nicht bedrängen, mit Geld nicht und nicht mit Geilheit, Kind will ich sein mit Dir, in einem großen, dämmrigen Zimmer in der Stille der Provinz.

Liebster Freund, nun spinne ich den Faden des Glücks: Wir wären zart und scheu und nachts nicht ängstlich, denn wir schliefen Wange an Wange.

Eines Alters wären wir, gleich jung.

Zur Blauen Stunde, als kluge Kinder würden wir sie kennen, schlügen wir unter dem großen Eßtisch unser Zelt auf und hätten heimlich-namenlose Spiele. Du tauftest mich, ich taufte Dich, und unsere Länder, Du ahnst es, würde niemand betreten. Du spieltest für mich Klavier, und ich erfände zwei mutige Gesellen, die mit tiefer Stimme lachten und johlten und Wein tränken aus mannshohen Kelchen. ›Hohoho‹ würden wir rufen und die kleinen Mädchen verjagen, die Deinetwegen die Grenzen unserer Reiche säumten.

Wie gesagt: Ich spinne den Faden des Glücks.

Mit neun Jahren hätten wir schon jeder eine riesige Wohnung, und unsere Eltern wären auf dem Internat. Die Ferien dürften sie bei uns verbringen, und sie müßten in ihrem Elternzimmer immer furchtbaren Krach machen. Ihr habt ja schon wieder heimlich geraucht, würden wir zetern, und sie zur Strafe ins Kino schicken und Doktor spielen lassen, während wir bei einem Remy Martin über Erziehungsfragen diskutierten, scheu, zart und mit großem Verständnis.

Liebster Freund, laß uns das alles haben. Die Spiele, den Cognac und meinetwegen auch die drei Millionen. Besorge das und eile zu mir.

Wir wollen die Fäden des Glücks verknüpfen.

P. S.

Es heißt, Du habest eine Freundin!

Dazu möchte ich nicht Stellung nehmen. Jeder ist seines Glückes Schmied, und wer sich in Gefahr begibt, wird in ihr umkommen. Sage mir, mit wem Du gehst, und ich sage Dir, wer Du bist. Wer viel wechselt wird Kleingeld, und gleich und gleich gesellt sich gern. Niemand kann über seinen Schatten springen, und was aus den Söhnen dominanter Väter und Ichschwacher Mütter wird, pfeifen die Spatzen von den Dächern der psychiatrischen Kliniken.

Es heißt, sie sei allzu hübsch!

Nun, über Geschmack läßt sich bekanntlich streiten. Liebe macht blind, was stören da Kolbennase und Säbelbeine. Wie sagst Du immer: Bucklig, aber herzensgut. Schön für Dich. Bist Du glücklich?

Ist es nicht ein beruhigendes Gefühl zu wissen, daß Männer gefeit sind vor Cellulitis?

Was liest sie eigentlich außer ›Bravo‹ und ›Brigitte‹? Lesen kann sie doch, oder? Es heißt nämlich, sie sei nicht allzu schlau.

Lieber, laß sie ruhig Heidegger für einen Vorort von Lüneburg halten, Du hast ihn schließlich gelesen.

Es heißt, sie stehe unheimlich auf ›ABBA‹. Man

kann nicht den ganzen Tag Skrjabin hören, also schelte nicht mit ihr. Vielleicht kannst Du sie an den Chor der Gefangenen aus ›Nabucco‹ gewöhnen. Hört doch sonntags mal in die Wunschkonzerte rein.

Ist sie so wie Deine Mama, oder erinnert sie eher an Omi, oder gar an beide, Du Glückspilz?

Und sie darf wirkich Deine Oberschenkel streicheln?

Sie stricke einen Schal für Dich, heißt es.

Na, toll!

Ich hätte Dich unsterblich gemacht.

Tour der Freuden

Das Waldhaus oder Logieren im Staatsforst:

Wir bauen uns ein Haus, so groß, daß man die Wände nicht sieht. Das Regal liegt flach auf der Erde, die Bücher werden aufgereiht zwischen den abgeschlagenen Stämmen. Wenige Bücher haben wir: ›Das ABC der Jägerprüfung‹, ›Du und der Wald‹, ›Wild und Schonung – Zum Problem der Schadensbegrenzung‹.

Viktor verschwindet. Nach einer halben Stunde kommt er wieder als ein Anderer. Als Fremder!

Wer bist du, Fremder?

Wo kommst du her, Fremder?

Wo gehst du hin, Fremder?

Sag: Wohin gehst du, Fremder?

Okay! Wohin gehst du, Fremder?

Drei Fragen, *die* drei Fragen, wie von selbst gestellt. Keine Anstrengung im Nutzholz, die Zeit verträumt im grünen Dunkel.

Schön!

Sag du jetzt: Grün bemoost die Zeit die Uhren.

Ich trau mich nicht.

Dann sag: Im Moos der Zeit uhrt grün das Dunkel.

Au ja! Im Moos der Zeit uhrt grün das Dunkel.

Jetzt ich: Grünzeit dunkelt in den Traum des Mooses. Traumuhr, du wieder, Traumzeit... warte mal... Traumuhr grünt in Dunkelzeiten... Dunkelmoos verzeit...

Verzeiht?

Ohne h, verzeiten meine ich, das neue Wort für ›Zeit vergeht‹, also: Dunkelmoos verzeit...

Verzeihung, sagt Viktor, aber ihr beginnt, mich tierisch zu nerven.

Schmeckt tierisch gut, sagte der Vegetarier, entgegnet Dorn.

Todora freut sich. Die Jungs streiten sich immer so nett.

Viktor und Dorn folgsam auf dem Fahrradweg, den Todora mutwillig meidet. Allein auf der Landstraße tritt sie ein auf Sturm und Regen. Mit ihrem weißen Turban und dem nachtblauen Cape sieht sie aus wie Else Lasker-Schüler auf Nordlandfahrt.

Huhu, du blauer Kai in blauer Kiste, ruft Dorn.

Todora lächelt und leckt sich die Regentropfen von den Lippen.

Viktor dreht sich um: Machen wir nun eine Fahrradtour, oder poussieren wir?

Viktor ist der Captain, und sein Wort ist das Gesetz der Straße.

Schweig still, mein Herz, flüstert Dorn, die nächste Scheune ist unsere. Viktor, ruft er, dreh dich, bitte, noch einmal um. Du siehst so jung aus mit nassem Haar.

Viktor hält sich die Ohren zu und fährt bestimmt fünfhundert Meter freihändig.

Schau ihn dir an, sagt Dorn zu Todora, ist er nicht wunderschön?

Die Kekserbin, erzählt Todora auf dem Baumstamm liegend, ziert sich sogar noch beim Meditieren... Egal, was für ein Glas die in der Hand hält, es hat immer den Anschein, als würde sie aus einem goldenen Fingerhut trinken... Die raucht zwar Kette, aber das tut sie mit buddhistischer Gelassenheit...

Die hat es auch nicht leicht, sagt Viktor, die betet sich seit Jahren durch die unterschiedlichsten fernöstlichen Religionen und lebt mit diesem Rasta-Prinzen, der an die Unsterblichkeit des Negus glaubt.

I and I, singt Dorn und legt ein paar Reggae-Schritte vor, das ist der typische Vernissage-Jamaicaner, der unter seinen wallenden Gewändern Eminence-Slips trägt.

Woher weißt du das? fragt Viktor.

Das hat mir Todora erzählt.

Lüge! schreit die, Rufmord! Da war nie was!

Natürlich war da was, halb Berlin hat sich darüber das Maul zerrissen.

Du wirst doch heute noch ganz blaß, wenn du einen Bunten siehst, sagt Dorn.

Frechheit! Das muß ich mir als Dame nicht gefallen lassen. Todoras Kopf verschwindet im Cape.

Wo seid ihr, ruft sie aus dem blauen Zelt, ich seh euch nicht.

Todora, wo bist du? ruft Viktor, wir sehen dich nicht.

Dorn ist Betty Middler als Janis Joplin: Where are you? Where ist everybody going?

Und dann klingen im Walde die Gläser. Irre, diese Natur, die törnt richtig.

Der Wald spricht!

Was, der Wald spricht?

Ja, was spricht denn der Wald?

Hört ihr das echt nicht? fragt Viktor irritiert.

Schon, aber nicht so deutlich.

Kopfschüttelnd verschwindet Viktor in des Staatsforsts Dickicht.

Dickicht? Laß das nicht den Förster hören, sagt Todora, der kommt und räumt hier gründlich auf. Siehst du hier wirklich Dickicht?

Wenn ich will, sogar einen Dschungel.

Plötzlich: Rübezahl! Rübezahl!

Nun hat es Viktor erwischt, nun kommt er nie wieder. Nun läßt er sich einen langen Bart wachsen, Viktor, der sich zweimal täglich rasiert. In die Höhe schießen wird er, und bald mißt er drei Meter achtzig, dieser Rübezahl der BRD.

So weit wird er nicht gehen, sagt Todora, Viktor gedeiht nur unter Neonlicht. Das braucht er für sein Chlorophyll.

Nicht ganz, Todora. In seinem Herzen ist er ein Grüner.

Indianerleise schleicht sich Viktor heran.

Ich bin ein Kerl wie ein Baum, ruft er. Macht sich groß und breit und schüttelt die Zweige, die in seinen Taschen stecken. In den Hosentaschen, vorne und hinten, in den Jackentaschen, innen und außen, selbst im Haar und in den Ohren.

Todora ist entzückt ob der Mühe, die sich der Liebe gemacht hat. Sie klatscht in die Hände und sagt: Nein, wie apart!

Viktor verbeugt sich: Übrigens nicht abgerissen! Aufgelesen habe ich die Zweige.

Ein Baum auf Beinen, staunt Dorn, bleib so, das muß ich knipsen.

Knisternde Erotik, wo du auch hinguckst. Zum Beispiel Bauernjungen nach dem Weg fragen! Nun komm mir nicht mit deiner letzten Sauna-Orgie! Ich wiederhole: Bauernjungen nach dem Weg fragen. Allein bei dem Wort ›Bauernjungen‹ bekommst du doch eine Gänsehaut. Und erst der direkte Kontakt...

Erzähl!

Also, wir drei zwischen Waygaard und Fahretoft, aus einem Haus treten, halt dich fest! Bauernjungen, zwei an der Zahl, und einer knackiger als der andere.

Nein!

Doch! Ich sie sehen und volle Bremsung ist eins. Harmlos sage ich zu Viktor und Todora: Vielleicht wissen die Jungs, wo es nach Dagebüll geht. Todora guckt mißtrauisch. Laß ihn, sagt Viktor, da kennt der nichts. Dorn fragt auch auf dem Wittenbergplatz, wo das KaDeWe ist, wenn er jemanden anmachen will. Viktor, auch kein Kostverächter, gesellt sich zu uns, hat plötzlich auch Fragen, die Route betreffend, und entwickelt einen derart urbanen Charme, daß es den Bauernjungen in den Ohren saust. Indes sage ich zu dem Kleineren: Zeig es mir doch auf der Karte. Schlage sie auf und versteck mich mit ihm dahinter. Mit trockenem Mund verfolge ich einen kräftigen Bauernjungendaumen, der einer roten Linie folgt. Plopp macht es, und ein Knopf springt mir vom Schlitz.

Angeber!

Gut. Aber erregt war ich schon. Auch Viktor wird zum Tier. Ich sehe einen Wolf ein Schäfchen reißen. Lecker, sag ich dir. Todora ist die ganze Situation furchtbar peinlich.

Unmöglich, denkt sie, das ist ja zwanghaft.

Viktor reibt sich wollüstig den Bauch.

So, sagt er, jetzt könnte ich eine Kleinigkeit vertragen.

Appetit bekommen? fragt Dorn aus dem Mundwinkel.

Und selber? fragt Viktor aus dem Mundwinkel.

Todora sagt: Was gibt's denn da zu tuscheln?

Hühnerbrühe im ›Gasthof zur Post‹.

Erinnerung an eine Konfirmation im Westdeutschland der frühen 60er: Cousine Marion, aufgenommen in die Gemeinschaft der Gläubigen mit Ach und Krach – sie hatte große Schwierigkeiten beim Lernen der Zehn Gebote –, erlaubt sich ihren ersten öffentlichen Liebeskummer. Zeit wird es, ihre Tage bekommt sie schon, und nun hat sie auch noch eine Dauerwelle wie Conny. Cousine Marion möchte nicht ihren Tag an der Stirnseite der Hufeisentafel verbringen, eingeklemmt zwischen dem sangesfrohen Vater und der tränenfreudigen Mutter, sie möchte hinterm Haus mit Peter schmusen, Peter aber ist beim Bund.

Cousin Wolf-Dieter, der schöne Wolf-Dieter, Verkörperung des Inzestwunsches dieser braven Familie, legt eine Platte auf, die er ›toff‹ findet.

Toff, sagt Dorn verächtlich zu seinem Bruder, hast du das schon mal in Berlin gehört?

Bestimmt nicht, sagt der, noch eine Spur verächtlicher. Es erklingt der beliebte Schlager: ›Einsam steh ich hier und warte...‹, Kommando ›Wasser marsch!‹ für Marions Mutter, die versonnen weinend im Ausschnitt ihres Brokatkleides nach dem Taschentuch sucht. Auch Wolf-Dieter ist der Cowboy nicht, und seine dunklen Augen schwimmen nach Palermo.

›Einsam steh ich hier und warte / auf mein einzig wahres Glück / an den Strand von Palermo / sehne ich mich zurück...‹

›Zurück‹ ist gut, flüstert Dorn seinem Bruder zu, die kennen doch gerade den Maschsee.

Schluchzend stürzt Cousine Marion ins elterliche Schleiflackzimmer. Vor lauter Verzweiflung möchte sie sich aufs Ehebett werfen, aber so groß ist ihr Kummer nun doch nicht, daß sie es wagte, die Tagesdecke zu zerwühlen. Mit feuchtem Schlagerblick schaut sie in den Frisierspiegel.

I love you, sagt sie mit runden Lippen.

Wenn man sie in diesem Moment fragte: Wen denn? wüßte sie nicht zu antworten. Sie kann sich schwer etwas merken.

Komm endlich, sagt ihre verquollene Mutter, wir sind schon bei der Suppe.

Hühnerbrühe. Mit Eierstich! Schließlich ist sie das einzige Kind.

Privatquartier bei Schremmels in Steinhude.

Todora verschwindet ins Mädchenzimmer zu ›Angélique‹, alle Bände. Viktor und Dorn steigen ins Doppelbett, als begingen sie ein Sakrileg. Beobachtet werden sie von einer jungen Zigeunerin in zerrissener Bluse, dem Schmerzensmann und einem Edelweißsträußchen.

Sei mit nicht böse, sagt Viktor, aber in diesem Design krieg ich keinen hoch.

Und leicht kommt der Schlaf zu den artigen Jungen.

Am Frühstückstisch gibt es nicht einen Traum zu erzählen.

Die Muskeln, die sie spüren, werden aufgezählt. Dorn schmerzt sogar das linke Knie!

Das kann ja heiter werden, denkt Viktor.

Todora schwärmt von der himmlischen Ruhe, die Dorn eine ›göttliche‹ nennt.

Hoffentlich geht die nicht auf Kosten der Phantasie, sagt er.

Einfach wirken lassen, sagt Viktor, bloß keine Eile.

Noch jemand ein Sammeltäßchen Kaffee?

Schremmel / Steinhude, eigentlich klingt das gruselig.

Vesper am Mittelland-Kanal. Für jeden drei Schluck Korn. Marke: Der alte Frundsberg. Nie wieder Taittinger.

Todora Tausendtrunk, sagt Dorn, ist die Kornkammer des Nordens. Irgendwie hat der zweite Tag bereits leichten Assi-Charakter, findet ihr nicht?

Stimmt, sagte das Prinzeßchen Tausendtrunk, jetzt wird erst mal 'ne Runde abgeschnarcht.

Irrtum, sagte der Captain, jetzt wird erst mal 'ne Runde abgestrampelt.

Der Champ erhebt sich: Los, ihr Tippelbrüder.

Alles ist hier deftiger als in Berlin. Kannst du dir vorstellen, daß unsere Ku-Damm-bekannten Jogginganzüge richtige Grasflecken zieren? Meine Nike-Schuhe starren vor, nun dreh nicht gleich durch, Modder!

Modder, sag ich dir, da leckst du dir alle zehn Finger! Ich kenn dich, Raupen im Haar machen dich nicht an, aber wie wär's denn mit Schmieröl an den Händen?

Wußt ich's doch! Schade, daß du mich nicht sehen kannst, ich sehe echt zünftig aus. Total urig, auf eine ganz natürliche, ganz zufällige Art und Weise. Du Armer, du wirst dich heute nacht wieder mit promovierten Soziologen herumschlagen, die auf Kfz-Mechaniker machen. Du pflegst Umgang mit Kopien, und ich lache mir einen echten Knecht an.

Träumst du? fragt Viktor, etwas mehr Konzentration, bitte! Der heutige Tag wird höchste Anforderungen an Mensch und Maschine stellen.

Im Härtetest..., stöhnt Todora, drei Freunde, drei Räder!

Todora besitzt Fahrradhandschuhe aus weißem Leder mit buntem Strickeinsatz auf dem Handrücken, Dorn besitzt keine Fahrradhandschuhe. Das geht nur zwei Tage gut. Für ihn ist die Tour sowieso eher ein modisches Ereignis denn ein sportliches. Er will nicht nur, wie Viktor, Kilometer fressen, er will vor allem hübsch aussehen. Und wenn dabei auch noch die Bein- und Gesäßmuskulatur trainiert wird, um so besser.

Am Morgen des dritten Tages verkündet er: Unser erstes Ziel wird heute ein Sportbekleidungsgeschäft sein. Die Innenflächen meiner Hände sind schon ganz rauh. Fühlt mal! Geduldig folgen ihm die Freunde zum ›Jäger Shop‹ und zur ›Boutique Nautilus‹. Dorn schüttelt den Kopf: Die haben nicht, was ich suche.

Endlich entdeckt Viktor einen Laden, namens ›Biker's Heaven‹.

Übersetze das, bitte, mit ›Zur letzten Chance‹, sagt er zu Dorn, wir geben dir genau zehn Minuten!

Keine drei Minuten später verläßt Dorn strahlend den Laden, mit einem Paar Fahrradhandschuhen (weißes Leder, bunter Strickeinsatz).

Nicht unbedingt das, was ich mir vorgestellt habe, sagt er gleichmütig, aber ihren Zweck werden sie wohl erfüllen. Gefallen sie euch?

Todora schaut auf ihre Hände: Es mußten die sein, nicht wahr? Genau die!

Die Straße ruft! Dorn schwingt sich mit Anmut in den Sattel und spurtet los, mir nach, ihr müden Krieger!

Und lange wedelt er mit seinen schicken Händen.

Dorns linkes Knie im Spiegel der Regional-Presse.

Hier die Headlines:

›Große Schmerzen! Fällt der Champ aus?‹

›Dramatische Entwicklung im Team! Alles über das Formtief!‹

›Dorn stöhnt! Der Meniskus?‹

›Mannschaftskapitän optimistisch: Wir halten durch!‹

›Das Ende? Dorn in der Apotheke!‹

›Köhnlechner in Steinhude! Das Rezept des Kräuterwickels!‹

›Teamchef: Ich oder der Kurpfuscher!‹

›Köhnlechner entlassen! Masseur von Boris Becker in Steinhude!‹

›Mobilat – das Wundermittel?‹

›Deutschland drückt die Daumen!‹

›Knie im Streckverband! Die Rettung!‹

›Teamchef: Es geht weiter!‹

›Bravo, Ihr 3! Wir sind stolz auf Euch!‹

›Dorn schmerzfrei! Alles über den Gummistrumpf!‹

Mich zwickt mein Gummistrumpf, sagt Dorn, können wir mal eine Pause machen?

Seufzend steigen Todora und Viktor von den Rädern.

So, sagt Dorn, besser. Versprecht mir übrigens, daß ihr in Berlin von diesem peinlichen Teil niemandem etwas erzählt.

Nun ist er erpreßbar, denkt Viktor, nun wird er sich fügen.

Todora rächt sich für den Handschuhkauf. Als sie an kickenden Jugendlichen vorbeiradeln, Dorn sitzt wie eine Eins im Sattel, ruft sie ihm zu: Zwickt der Gummistrumpf auch nicht? Wir können gerne rasten.

Aus einer echten Stalltür guckt ein echtes Pferd.

Phototapete, sagt Viktor verächtlich.

Stimmt, sagt Todora, das ist ein bißchen zu dick.

Wildreiche Gegend. Am dritten Tag zählt niemand mehr die Rehe. Dem ersten hat Todora noch ›Bambi‹ nachgerufen. Wie die meisten Berlinerinnen ihrer Generation, kennt sie Tiere nur aus Zeichentrickfilmen und Werbespots für Filterzigaretten. Dorns erste Kuh war aus Steingut und stand auf dem Frühstückstisch der Großeltern, sie diente als Sahnekännchen. Angesichts lebender Kühe macht Dorn immer ›Muh‹, das läßt sich nicht unterdrücken. ›Muh.‹

Er stellt sich vor eine Kuh-Gruppe (oder heißt es ›Herde‹?) und bittet Viktor, ihn zu photographieren. Merkst du? fragt er Viktor, die zweite von rechts ist im Begriff, sich in mich zu verlieben. Macht dich das eifersüchtig?

Kaum, sagt Viktor, du stehst auf Leder, die ist in Leder, was soll's? Das kenn ich aus ganz anderen Paarungen.

Todora hört weg. Am Steinhuder Meer will sie von Unnatürlichem nichts wissen. Das reicht ihr schon in Berlin.

Auf die Räder! ruft Viktor und verschärft das Tempo.

Ich kann nicht mehr, flüstert Todora.

Ich auch nicht, wispert Dorn, ich habe gerade einen mentalen Platten.

Viktor dreht sich um: Treten, meine Lieben, nicht reden!

Aye, Aye, Sir! antworten seine Lieben und treten und sind glücklich.

Schlechtes Wetter, gute Stimmung. Alles schmeckt, gefällt, bekommt. Alles entzückt.

Es ist die Luft, sagt Todora, die macht 'n cleanen Kopf.

Für Sekunden fällt Viktors Schatten auf die Wiese.

Sollte das etwa die Sonne sein, dieser in Norddeutschland so selten zu erblickende, rätselhafte Himmelskörper?

Über das Steinhuder Meer segelt ein Boot im Abendlicht. Nie wieder Ägypten! sagt Todora entschlossen, was du dort suchst, kannst du hier finden. Und du mußt nicht so stark sein. Echt mal, die Power, die du in Ägypten brauchst, ist wahnsinnig. Immerhin ist Ägypten nicht umsonst das Totenreich! Wenn du da nicht gut drauf bist, hältst du dich von den Grabkammern besser fern. Ich sag euch, im Tal der Toten heißt es runterschalten, sonst ist Sense. Du stehst vor einer Mumie, und plötzlich überkommt dich der Blues, da rotierst du aber, sag ich euch.

Überhaupt, fremde Kulturen! Die verträgt nicht jeder. Erinnert euch nur an Manne; der hat in Osaka sein Hotelbett angezündet, weil er mit diesem asiatischen Lächeln nicht klarkam. Der hat hinter jedem Gesicht Dr. Fumandschuh vermutet!

Ach, Todora! sagt Viktor, du wirst doch diesen Selbstmordversuch nicht ernsthaft für bare Münze nehmen.

Manne spinnt, wenn er reist. Was hat Ingeborg von dem Indien-Trip erzählt, he? Da hat Manne sich mit einem Fakirseil ans Fensterkreuz gefesselt, und Reinheart sollte ein sakral-sadistisches Video machen. Der denkt doch, er sei Heinrich Riethmüllers Yoko Ono.

Sehr richtig, sagt Dorn, für eine schlechte Show ist der immer gut.

Besichtigung eines landwirtschaftlichen Betriebes.

Dorn sammelt Anregungen für Telephon-Sex. Ein Knecht in Gummistiefeln trägt ein Joch über den Hof. Mit diesem prächtigen Bild wird er ein ganzes Gespräch bestreiten.

Fasten your seat-belt, Tom! (Tom? Ja, diesmal ist Tom dran.)

Rate mal, Tom, was der Knecht für Schuhe trägt?

Weiß ich nicht. Ich kenn mich auf dem Land nicht aus.

O, ich denke wohl, daß du darauf kommst, wenn du deine Phantasie ein wenig bemühst. Das in Berlin Abwegige ist hier das Normale. Nun? Kleiner Hinweis: Es waren keine italienischen Slipper!

Tom, langsam auf den Geschmack kommend: Stiefel?

Sehr gut! Und jetzt das Material, bitte!

Polizei-Stiefel!

Schafskopf! Glaubst du wirklich, daß ein Knecht den Stall ausmistet in Polizei-Stiefeln? Im übrigen habe ich nach dem Material gefragt und nicht nach der Trägergruppe. Du hast auf meine Fragen besser zu achten! Also, ich höre?

Leder!

Wieder falsch! Viel zu empfindlich. Mein Gott, bist du heute schwer von Begriff. Gummi natürlich! Pflegeleicht muß das Material sein. Warum wohl?

Erregtes Schweigen.

Okay, weil Sonntag ist: Man will es abspritzen können.

Tom hechelt.

Hände weg, sagt Dorn.

Woran denkst du? fragt Viktor.

An die Kraft des Wortes. Woran sonst?

Endlich Sieg der Droge über die Molkereiprodukte. Heute bleibt die Milch im Rucksack; Viktor baut eine Tüte.

Damit das Naturerlebnis noch intensiver wird, sagt er. Todora nickt: Ich finde auch, daß Verschärfung angesagt ist. Dorn bemerkt es als erster: Der Wald kommt auf uns zu. Mensch, das ist ja wie in ›Macbeth‹. Seht ihr?

Logo kommt der Wald auf die drei zu, das liegt an ihren cleanen Köpfen. Herrlich ist das. Die noch lebenden Teile des deutschen Laubwaldes kommen auf sie zu. Viktor beschließt, nur noch auf dem flachen Lande zu törnen. In Gottes freier Natur.

Und dann nur noch Raps. Raps, wohin das Auge schaut. Mir wird ganz gelb vor Augen, freut sich Todora. Mir ist auch ganz Raps, sagt Dorn, ich höre ihn sogar, den Raps. Die beiden anderen hören ihn auch, den Raps.

Wieder ist es Viktor, der feststellt, daß der Raps spricht.

Ja, sagt Todora lauschend, der Raps spricht.

Viktor sagt: Psst!

Alle drei sagen: Psst!

Und kosten das Wort aus in Schweigen. Wenn das kein Grund zum Feiern ist!

Vorsichtig nähern sie sich ›Tante Erna's Kneipe‹. Ob das lustig gemeint ist? fragt Viktor an der goldbraunen Glastür.

Hallo, ihr drei! ruft aufgeräumt der bärtige Wirt. Immer hereinspaziert!

Meint der uns? Indigniert schaut Todora zum Kupfertresen, der ist ja lustig wie ein Liedermacher. Gleich sagt der: Toll, daß ihr mal reinschaut.

Und da steht der bärtige Wirt auch schon am Tisch und sagt: Endlich mal nette Gesichter!

Die netten Gesichter verziehen keine Miene.

Der bärtige Wirt, ungebrochen lustig: Drei Bierchen?

Schweigend bitten der Captain, das Prinzeßchen und der Champ um weitere Vorschläge.

Ach, denkt unbekümmert der bärtige Wirt, die tauen auch noch auf. Dann hol ich doch einfach die Karte. Sehr aufmerksam, sagt Frau Todora.

Die Herren schmunzeln und bestellen arktisch kühl. Nach und nach füllt sich ›Tante Erna's Kneipe‹.

Sind wir nun ins alternative Milieu geraten oder ins kriminelle? fragt Dorn, ich sehe hier nur Grüne oder Gangster.

Todora verdreht die Augen: Ich leider nur Grüne. So falsch sind die drei hier gar nicht: Der Wirt ist Tante Erna!

Nicht nur Verschärfung ist angesagt, sondern auch Übertreibung.

Dorn, der nach stundenlangen Recherchen die Staatsbibliothek mit den Worten verläßt: Die haben nicht ein Buch, das ich nicht schon hundertmal gelesen habe, beschließt, ›Zeit‹, ›Spiegel‹, ›FAZ‹, ›Tagesspiegel‹ und ›Siegessäule‹ künftig zu ignorieren und statt dessen die ›Radler-Post‹ zu abonnieren, bzw., so es diese Zeitschrift noch nicht gibt, zu begründen.

Todora, die in Berlin mäkelnd durch die Lebensmittelabteilung des KaDeWe streicht und von keiner der dreihundert Käsesorten ihren Gusto getroffen sieht, Todora, der allenfalls Muli-Schinken mundet (das Gramm zu neun Pfennig), gerät in Steinhude über jede schlichte Salzkartoffel in einen Zustand religiöser Verzückung.

Mein Gott! stöhnt sie voll Wollust, diese Kartoffeln! Legt die Gabel aus der Hand, wirft den Kopf in den Nacken, schließt die Augen und ist nur noch Zunge und Gaumen, nur noch Geschmacksnerv. Öffnet sich dieser Kartoffel aller Kartoffeln, nimmt sie auf mit jeder Faser ihres verwöhnten Leibes, wird selber Steinhuder Salzkartoffel, bis sie von Viktors wieherndem Gelächter zurückgerufen wird in die Welt des Kunstdüngers. Das habe ich noch nie erlebt, sagt sie selig erschöpft, das war ein richtiger Flash.

Wie erst wird sie auf den Spargel reagieren? fragt sich Viktor ängstlich, die flippt doch aus.

Iß langsam und bedächtig, Prinzeßchen, sagt Dorn, Power brauchst du nicht nur in Ägypten. Hier ist das Essen tückisch!

Da kommt auch schon der zweite Gang und Todora denkt: Runterschalten!

Nun werden sie sogar neckisch, so gut geht es ihnen. Todora spricht nur noch vom ›Fähnlein Wieselschweif‹, behauptet, sich nur im Sattel wohl zu fühlen, möchte ihr Fahrrad am liebsten mit ins Bett nehmen.

Viktor nennt das seine ›Fury‹ und streichelt heimlich die Lenkstange. Abends sagt er: Brav gemacht, Fury! Wenn er die Reifen aufpumpt, hat man den Eindruck, er würde das Rad füttern.

Dorn kauft sich jeden zweiten Tag eine neue Windjacke. Hat er ein Modell gesehen, das er meint, unbedingt haben zu müssen, läßt er sich geschickt in einen Strauch fallen, reißt im Fall gekonnt eine Naht auf und schreit wie am Spieß: Meine schöne Jacke! Kann ich wegwerfen. Dann ist das nächste Ziel ein Sportbekleidungsgeschäft, in dem er durchdreht wie seine Mutter bei ›Pelz Lösche‹. Immer bunter werden seine Jacken, er sieht bereits aus wie ein Papagei auf Rädern.

Todora und Viktor haben viel Freude an ihm.

Vorgeblich aus Gründen der Verkehrssicherheit behängt er sich mit Katzenaugen, reflektierenden Gürteln und Schweißbändern in den Schockfarben der Saison.

Die Autofahrer kommen nicht umhin, ihn zu bemerken.

Weil ich so schön bin, denkt er.

Rast in Büren.

Menschen wie aus dem Heimatroman, befindet der fixe Dorn. Zeit, in die Gesichter dieser Heimatroman-Menschen zu blicken, nimmt er sich nicht; er ist damit beschäftigt, Rad zu schlagen vor dem Fenster eines Spar-Ladens. Ist das nicht auf die Dauer ermüdend? fragt Viktor. Dorn hält inne. Ja, sagt er und schämt sich ohne Verzierung. Und grau sieht er aus, mit einem Mal sieht er ganz grau aus.

Viktor streichelt ihm übers Haar: Guck doch nicht so geknickt, vielleicht ist dein Narzißmus ja heilbar.

Wieder farbenprächtig schüttelt Dorn seinen Kopf. Gern hat er es, wenn diese Krankheit bei ihm diagnostiziert wird, dann fühlt er sich wie ein Held. In sehr jungen Jahren hat er Hermann Hesse gelesen und gründlich mißverstanden. Dorn ist Narziß und der Rest der Menschheit ist Goldmund, und morgens, mittags und abends fragt er die Weltbevölkerung: Hast du an mich gedacht? und die antwortet: O ja, Narziß, immer und immer. In seinen wenigen lichten Momenten fragt sich Dorn, ob er die Rolle des Narziß wohl richtig anlege, oder ob er nicht eher die Karikatur eines schrillen Friseurs darstelle? Aber kurz vor der Klarheit steigen wieder die Nebel der Selbstergriffenheit auf, und wieder klebt er, blind wie ein Maulwurf, vor den Spiegeln und Scheiben und kniet sich über jeden Tümpel.

Eines Tages wird er sehen lernen, und es wird ihn jemand anschauen, der nicht mehr dreizehn ist, jemand, der schon lang nicht mehr vorgeben darf, im Banne eines Buches zu stehen, dessen Held ›Narziß‹ heißt.

Möge dann Viktor bei ihm sein; und Todora und Ingeborg und Reinheart und alle, die er so redlich zu bezaubern versucht.

In einem weiteren ›Gasthof zur Post‹ werden Ansichtskarten geschrieben.

Todora verarbeitet ihre Nil-Steinhuder-Meer-Eindrücke. An Babette, noch immer Muse der Jungen Wilden, schreibt sie: Nie wieder Ägypten! Deutschland ist angesagt, liebste Freundin. Ob du dir das merken kannst?

Gut, sagt Viktor, das ist schön boshaft.

Das Prinzeßchen erschrickt: Du, lieb ist das gemeint.

Dorn unterschreibt seine Karten mit: In Treue, Euer Hermann Löns.

Viktor verschickt schwärmerische Landschaftsbeschreibungen an alle Freunde, die in Seitenflügeln leben und auf Brandmauern starren.

Sie sitzen unter einem blühenden Rotdornbaum und trinken kühlen Wein in Frieden.

Hat irgend jemand Sehnsucht nach Berlin? fragt Viktor.

Berlin? Nie gehört!

Bevor sie aufbrechen, steckt Dorn Todora einen Bierdeckel zu. Lies! sagt er, für dich.

Laut liest sie vor: In Büren, in Büren / da will ich dich verführen / mit tausend Liebesschwüren / an deine Unschuld rühren / in Büren, in Büren.

Sehr hübsch, sagt Viktor, und wie es sich reimt!

Im Hallenbad.

Todora und Dorn ziehen, mild bekifft, ihre Bahnen. Viktor sitzt in der Cafeteria an einem Freizeitheimtisch und beobachtet das Treiben auf dem Sprungturm. Ein Junge übt vom Dreier ›Toter Mann‹. Sein Freund läßt sich gekonnt vom Fünfer ins Wasser fallen, steif wie ein Brett. Am Beckenrand versuchen die Freunde, sich gegenseitig zu ertränken. Schreien und johlen in diesem typischen Schwimmbad-Sound.

Viktor liebt der Jugend rauhe Stimmen.

Über die Lautsprecheranlage behauptet ein Sänger, den außer der Bademeisterin niemand mehr kennt, daß die ewigen Worte der Liebe ›Rote Rosen, Rote Rosen‹ lauteten. Viktor summt leise mit.

Am Nebentisch studieren zwei türkische Kids mit roten Ohren die Leserbriefe in der ›Bravo‹: Mein Freund will mehr als Petting..., Ich habe ein schiefes Glied..., Zungenkuß – Ja oder Nein?

Im Umkleideraum werden die Bräute angemacht. Vierzehnjährige Mädels von vierzehnjährigen Jungs, die in ihren verschlossenen Kabinen eine dicke Lippe riskieren. Martina, trockne mir mal den Rücken ab!

Nicole, willst du mal sehen, was ich hier in der Hand habe?

Babsy, bück dich mal!

Martina, Nicole und Babsy würdigen ihre Klassenkameraden noch nicht mal eines unterdrückten Kicherns.

Laß die doch, ruft der Tote Mann vom Fünfer, die fühlen sich doch nur wohl unter nassen Weibern.

Auch Dorn, erregter Ohrenzeuge dieser verbalen Kraftmeierei, liebt der Jugend rauhe Stimmen.

Todora entsteigt dem Wasser, als fürchte sie das

trockene Element, vorsichtig setzt sie einen Fuß vor den anderen. Zwischen ihren Zehen schimmern silberne Schwimmhäute. Das war aber intensiv, denkt sie und schüttelt Algen aus dem Haar. Dieses ›intensive Wasser-Feeling‹ läßt sie noch Stunden später verströmen, in einer dezent eingesetzten amphibischen Ausstrahlung.

Unser Undinchen.

Mariensee wird ausgechecked.

Viktor und Todora hocken auf einem Kilometerstein und lassen ihre Blicke schweifen, wie die gestrengen Juroren über norddeutsche Siedlungsformen.

Geht, sagt Viktor, der es wissen muß. Schließlich hat er zwei Semester Architektur studiert. Auch Todora ist voll die Fachfrau.

Ohne den Spar-Laden, konstatiert sie, wär das hier wie vor hundert Jahren. Doch, geht.

Ein alter Bauer kommt vorbei.

Guten Tag, sagt das ›Fähnlein Wieselschweif‹ und zieht artig die Mützen.

Guten Tag, ihr fremden Menschen, sagt der alte Bauer.

Habt ihr das gehört? fragt aufgeregt Dorn, der hat gesagt: Guten Tag, ihr fremden Menschen! Das ist ja wie bei Ganghofer.

Ganghofer hat Dorn weder früher noch später gelesen, aber auf dieser Fahrrad-Tour kann er wie Ganghofer empfinden. Vielleicht fragt ja auch niemand nach. Fröhlich ruft Viktor dem alten Bauern zu: Wir sind gar keine Menschen, wir kommen vom Mars.

Lachend droht der Alte mit dem Stock. So seht ihr man auch grad aus.

Ist der toll, schwärmt Todora, echt toll ist der. Ob wir bei dem wohl Brot und Milch bekommen? Und Tomaten, und so?

Das hatten die drei sich in Berlin so schön ausgemalt: An die Tore einsamer Gehöfte klopfen, nein, pochen, an die Tore einsamer Gehöfte pochen, der Bauersfrau einen Taler, oder auch nur einen Heller und einen Batzen, in die schwielige Hand drücken und reichlich Milch und Brot erstehen, direkt aus der Kuh, direkt aus dem Ofen.

Ein einziges Mal nur hätte Dorn gern sein Verslein aufgesagt: Gott zum Gruße, gute Frau! Wir sind drei hungrige Wandersleut und kommen von weit her…

Und dann wollte er doch tatsächlich um ›Atzung‹ bitten. Und ›Wegzehrung‹ und ›Mundvorrat‹.

Laß das lieber, rät Viktor, die ruft die Polizei, und du landest in der hiesigen Nervenklinik. Die haben hier kein Ohr für solche Reden. Die sind hier vom Fernsehen verdorben. Die atzen dich nicht, die gießen dir eine 5-Minuten-Terrine auf, wenn's hoch kommt.

Also kaufen sie beim Bauern Spar, der in jedem Dorf eine Filiale seines Tannenhofes betreibt.

Todora zückt jedesmal instinktiv ihre ›Goldene Kundenkarte‹. Das ist ihr nachher furchtbar unangenehm.

Ein vierter Gast an Schremmels Frühstückstisch: die spannenlange Herta. Unfrohe vierundsiebzig Jahre alt, ansässig in Hannover-Dören, verwitwet, militante Nichtraucherin.

Der Tag fängt gut an, flüstert Viktor und drückt seine Zigarette aus.

Ich habe nichts gegen junge Leute, knarrt die alte Herta, aber Rauch kann ich nun mal nicht vertragen.

Herta hat bei Schremmels die älteren Rechte; seit elf Jahren trübt sie als grauer Strich am Frühstückstisch den anderen Hausgästen die Urlaubsfreude.

Herta verdirbt Schremmels das Geschäft, aber vor zehn Jahren ließ sie durchblicken, ohne Erben dazustehen. Schremmels sind erst Mitte Vierzig und überhaupt nicht in Eile.

Nur alle zwei, drei Tage fragen sie: Was macht denn das Herz, Herta? Und Herta antwortet: Schlägt noch! Und dann schauen sie sich lauernd an und lauschen dem Ticken der schmiedeeisernen Uhr.

Frau Schremmel ist von felsenfester Fröhlichkeit. Wenn sie nicht gerade singt oder pfeift, lacht sie, auch ohne Grund, ohne Gesellschaft. Ihm reicht eigentlich schon die graue Herta, sie aber liebt die Menschen, liebt deren Ohren, die einfach hören müssen, daß sie singt und pfeift und lacht, immer bester Laune ist. Das weiß man von Flensburg bis Berchtesgaden, das steht gereimt im Gästebuch und prosaisch auf den Weihnachtskarten.

Wegen ihres frohen Naturells wird Frau Schremmel von der Konkurrenz gefürchtet und von Gästen geliebt. Also wird es wohl stimmen, daß sie glücklich ist in ihrem Doppelhaus mit den vier Fremdenzimmern.

Ihre Söhne trinken, aber die schlagen auch nach dem Vater, und den hat noch niemand singen hören oder pfeifen. Einmal hat er laut gelacht, da war Herta die Treppe runtergefallen.

Frau Schremmel hat einen Blick für Menschen.

Zu Viktor sagt sie: Ich weiß nicht, ob Sie sich ein bißchen im Filmgeschäft auskennen... Und Viktor, der statt Pupillen Malteserkreuze in den Augen hat, sagt ganz ruhig: Nein, Frau Schremmel, leider nicht.

Todora und Dorn feixen in sich hinein. Zur Strafe erzählt Frau Schremmel in epischer Breite die Lebensgeschichte ihrer Schwägerin, die als Produktionsleiterin bei der Bavaria arbeitet.

Das ist eine Münchner Filmgesellschaft, klärt Frau Schremmel den aufmerksamen Viktor auf, der nach jedem Satz ›Aha‹, ›Nein wirklich?‹ oder ›Wie interessant‹ sagt, der sich lächelnd in das Herz der Wirtin nickt. Film ist nicht nur Busen und Party, Party, schiebt Frau Schremmel nach, das ist härteste Knochenarbeit. Sie haben ja keine Ahnung.

Und Viktor sagt ruhig: Nein, Frau Schremmel.

Draußen sagt Dorn: Ich dachte immer, man sähe uns wenigstens auf dem Lande an, daß wir Künstler sind. Offenbar nicht!

Aus einem winzigen Riß in der grauen Wolkendecke fällt ein fingerdicker Sonnenstrahl auf den Pfad. Stop! schreit Dorn, die Sonne! Ich brauche einen Kopfschutz!

Betont langsam steigen Viktor und Todora von den Rädern. Viktor schießt der Gedanke in den Kopf, einen Hitzschlag zu simulieren. Röchelnd fühlt er seinen Puls, reißt das Hemd auf, greift sich ans Herz, läuft sogar blau an, greift sich nochmals ans Herz und sackt schließlich in sich zusammen. Noch einmal, verzweifelt nach Luft ringend, bäumt er sich auf, um endlich zu sterben.

Sehr witzig, sagt Dorn, Todora höre mir, bitte, zu... Todora hört nicht zu, sie kennt die Geschichte (Als ich damals in Nizza mit diesem schweren Sonnenstich, auf Leben und Tod, im ›Hôpital des Palmes‹ lag...), gütig lächelnd greift sie in ihren Rucksack, kramt schweigend ihr weißes Tuch hervor, nähert sich Dorn, wie man sich einem Kranken nähert, und wickelt seinen Kopf in das Tuch. Besser, gell?

Viktor liegt noch immer mit leerem Blick am Wegesrand.

Damit scherzt man nicht, sagt Dorn, steh endlich auf!

Ja, Mutter, sagt Viktor und faltet die Hände.

Todora beschließt, ebenfalls zu verscheiden, und legt sich neben Viktor. Ihr Leben aushauchend sagt sie: Nun bist du ganz allein auf der Welt. Sieh zu, wie du klarkommst.

Jawohl, dringt Viktors Stimme aus dem Jenseits, nun kannst du niemanden mehr nerven.

Abschied von Schremmels. Die graue Herta triumphiert: In diesem Haus wird sie alle aussitzen, auch Schremmels. Herta ist nämlich erst vierundsechzig und ebenfalls nicht in Eile. Herta trinkt nicht und Herta lacht nicht. Herta hat keine Laster und ihr Herz einen kräftigen Schlag. Herr Schremmel und Viktor, wer sonst?, hieven die Räder auf das Dach des Volvos, Todora versteckt ihre Hände in den Ärmeln der Strickjacke und Dorn, wer sonst?, macht Photos von einem Jungen in kurzen, weißen Hosen, der auf dem Nachbargrundstück den Rasen mäht. Viktor entgeht das keineswegs.

Der hält was aus, sagt Herr Schremmel und tätschelt mit kundiger Hand die Karosserie, der kann schon einen Stoß vertragen.

Wenn ich mutig und geschmacklos wär, denkt Dorn, würde ich jetzt sagen: Wer nicht, lieber Herr Schremmel?

Viktor blickt Dorn in die Augen: Sag's nicht!

Kurz vor Lüneburg erwähnt Todora, daß Jackie Eldorado aus Lüneburg kommt, übrigens.

Da kommen sie alle her, sagt Viktor, Carola Cunt, die Tödliche Doris und Kitty Kleingeld, oder wie die heißt. Je schriller der Name, desto kleiner der Geburtsort.

Gemütlich schnurrt der Volvo mit hundertdreißig über die Landstraße. Der Captain fährt, das Prinzeßchen schmökert, der Champ dichtet.

›Ein Rekrut mit Vier-Sterne-Arsch fickt mit seinem rechten Daumen die Landluft.‹ Dorn überlegt: Kann man so einen Tramper beschreiben?

Den hätten wir aber nun wirklich mitnehmen können, sagt Viktor heiser.

Kein Platz! sagt das Prinzeßchen und legt die Beine hoch, hier hinten ist es allein viel schöner.

Viktor blickt in den Rückspiegel, er sieht Todora und Teile des Rekruten.

Bissig sagt er: Auch in diesem Fond räkelt sich eine Männerfeindin.

Im Auto werden die ›Kernigen 3‹ wieder zu Mimosen. Es zieht. Es ist zu warm. Es ist zu kalt. Fenster auf. Fenster zu. Nun rauch doch nicht eine nach der anderen. Hier riecht es nach Benzin...

Ich brauche einfach meine achtzig Kilometer auf dem Sattel, nörgelt Todora, ich fahr nicht gern Auto. Sind wir bald da?

Was meckerst du denn? sagt Viktor, du fährst doch gar nicht. Den Streß habe ich doch. Meinst du, mir macht es Spaß, stundenlang hinter Jauchewagen herzuzuckeln?

Diesen Ton liebe ich, sagt Dorn, endlich kommt Stimmung auf! Ist euch eigentlich schon aufgefallen, daß wir seit Tagen nur lächeln? Dieses permanente Wohlbefinden macht einen richtig blöd im Kopf. Mein Geist bedarf der Schärfe dialektischer Auseinandersetzung. Todora, was sagst du dazu?

Meiner nicht. Ich hab es lieber schön.

Lieber stumpf, meinst du wohl. Einlullend gemütlich. Gefühl ja, Todora, aber auch Härte!

Sehr originell, sagt Viktor, schreib das bloß auf! Ich für meinen Teil bedarf eines Klos, einer Tasse Kaffees und eines Stück Kuchens.

Wunderbar, sagt Dorn, die drei großen ›K‹ des Kleinbürgers. Mich verlangt es nach Kaos, Kampf und Kamikaze. Und dich, Todora? Du kannst auch ruhig mal mitspielen.

Mich... also, ich stehe auf... Keops, Kairo, Katzengötter.

Schau sich einer unser Prinzeßchen an. Nicht nur schön, sondern auch noch schlau.

Viktor unterbricht: Daß ich dringend pissen muß, sagte ich wohl, oder?

Dann fahr doch rein nach Lüneburg. Du bist der Boss.

Lieber nicht, sagt Texas-Ted, der Champ der Koppel, this town ain't big enough for the three of us!

Wieder im Auto, die Stadt war ein Flop.

Lüneburg, stöhnt Viktor, *ätzend!*

Tote Hose Lüneburg, mein häßlichstes Ferienerlebnis, sagt Todora, der Kaffee war kalt, der Kuchen alt und über das Klo zu reden, bin ich viel zu fein.

Nun will Dorn auch seine Vertrautheit mit dem Jugend-Jargon demonstrieren, und er sagt keck: Total versifftes Pflaster!

Wie sprichst du denn plötzlich? fragt Viktor, liegt das an dem Walkman?

(Dorn hatte es sich nicht nehmen lassen, über Lüneburgs total versifftes Pflaster mit Kopfhörern um den Hals zu wandeln! Und Dorn ist – unter Freunden – einunddreißig!) Laß mich doch, sagt er, du hast ja auch ›ätzend‹ gesagt.

Viktor erwähnt aber auch nicht laufend, daß er Mittelhochdeutsch kann, mischt sich Todora ein.

Wer erwähnt laufend, daß er Mittelhochdeutsch kann? Ich? Aus meiner Liebe zu Wolfram von Eschenbach werdet ihr mir ja wohl keinen Strick drehen wollen.

Ich werde dir aus deiner Liebe zu Wolfram von Eschenbach gewiß keinen Strick drehen wollen, sagt Viktor.

Und Todora lehnt sich, völlig erschöpft, zurück: Solche Gespräche sind tote Materie (Nicht tote Hose? denkt insgeheim Dorn), da pulsiert nichts. Kopflastig sind solche Gespräche.

Nun übertreib aber nicht, sagt Viktor, so intelligent haben wir uns wirklich nicht unterhalten. Morgen sind wieder die Waden dran, Prinzeßchen. Nichts als die Waden.

Ich hätte mal wieder richtig Lust auf einen Proli-Abend mit Ulli und Günter, sagt Viktor, am Taittinger nippend, Chikago und Korn und dummreden. Drüber, sind die beiden richtig locker.

Diesen Satz, denkt Dorn, wird man in zehn Jahren nicht mehr entschlüsseln können.

Todora weiß nicht so recht: Ich weiß nicht so recht. Dieser Günter zieht mich unheimlich runter.

Selbst wenn er drüber ist, wirft Dorn ein.

Todora ungerührt weiter: Nur weil der in seinem Alter noch törnt, glaubt der, ein starker Typ zu sein. Ich bitte euch, die Hausschuhe, die der trägt! Geradezu abstoßend!

Meine Damen und Herren, sagt Dorn, in unserer Sendung ›Geschmack im Wandel‹ hörten Sie Frau Dr. Todora Treben-Tränkner, Tübingen, mit ihrem Funk-Essay ›Ästhetik und Restriktion‹.

Viktor nickt solidarisch: Du wirst auch nicht immer Lilienfüßchen haben, Todora!

Sehr richtig, ereifert sich Dorn, altersmäßig zwischen Cowboy-Stiefel und Gesundheitsschuh, ...mußte in den gestrigen Abendstunden die bekannte Step-Tänzerin T., in Klammern 34, vom Technischen Hilfsdienst aus ihren Lackpumps geschnitten werden. Während der dreistündigen Rettungsaktion kam es zu größeren Verkehrsstauungen in der Nürnberger Straße. Eine beherzte Berlinerin russischer Herkunft half der ehemaligen Step-Tänzerin mit Fußlappen aus...

Au weia, sagt Todora, ich hab wohl euren wunden Punkt getroffen?

Nicht den meinen, sagt Viktor und legt ohne Mühe sein rechtes Bein in den Nacken.

Sie sitzen in der Gaststube ihres Hotels in Dannenberg, pokulieren und lassen das Schlemmertum hochleben. Auf ihre treuen Räder trinken sie, die zuverlässigen Reifen und Ventile, die ›astreinen‹ Vorder- und Rückbremsen, die Luftpumpen, die nie viel Aufsehen aus ihrer ständigen Dienstbereitschaft machten, die Pedale, auf denen ihr Fuß so sicher ruhte.

Cheers to the bikes, rufen sie, und dann erst klappt Viktor sein Bein wieder unter den Tisch.

Gelungen, total gelungen ist diese Tour, die schreit förmlich nach einer Wiederholung, darauf haben sie sich schnell verständigt bei Mocca und Cognac, darauf wollen sie noch eine Flasche trinken, der Paläontologe, die Tänzerin und einer, dessen Beruf so geheimnisvoll ist, daß er in die betreffende Rubrik des Anmeldezettels nicht eingetragen werden darf.

Die Wirtin fragt, ob Todora auch im Fernsehen auftrete?

Nur auf der Bühne... antwortet die Primadonna assoluta und zupft verschämt an ihrem Isadora-Duncan-Schal, ...nur auf der Bühne.

Leider! sagt Dorn, als litte er unter dieser Selbstbescheidung.

Das finde ich aber auch schade, sagt die Wirtin, da ist doch bestimmt schönes Geld drin.

Das müssen Sie Frau Orlov sagen, nicht mir, kopfschüttelt Dorn. Impresario vielleicht, ständiger Begleiter? Die Wirtin rätselt.

Welchen Beruf hast du denn bei mir eingetragen? fragt flüsternd Viktor.

Paläontologe.

Was?

Paläontologe.

Was machen Sie eigentlich, fragt die Wirtin Viktor.

Gelassen blickt Viktor der Wirtin ins Auge: Ich bin Paläontologe!

Bravo! denken Todora und Dorn, das kam ja ohne stottern.

Ein schöner Beruf, sagt die Wirtin.

Warum fragt sie nicht, was das ist? flüstert Viktor.

Das wird ihr peinlich sein.

Die Wirtin kommt an den Tisch und wechselt die Aschenbecher aus: Schade, daß mein Sohn nicht hier ist, der studiert Paläontologie.

Sehr bedauerlich! sagen Todora und Dorn wie aus einem Munde, nicht wahr, Viktor?

Viktor bedankt sich für den sauberen Aschenbecher.

Todora erhebt ihr Glas: Auf die Gemeinschaft der Paläontologen!

Sehr zum Wohle, sagt die Wirtin. Sie wirft einen Seitenblick auf Dorn. Der macht gar nichts, denkt sie, der läßt sich aushalten. Von ihr oder von ihm. Gearbeitet jedenfalls hat der noch nie.

Lange noch sitzen die drei zusammen. Es ist ihr letzter schöner Abend.

Tour der Leiden

Wir waren in Steinhude und Dannenberg glücklich wie die Weltmeister, denkt Dorn, und wer die Boxgeschichte kennt, weiß, they never come back. Warum noch einmal in den Ring steigen? Wie im Film war es, in einem Hollywood-Streifen mit Happy Start, Happy In-Between und Happy-End. Warum einen Remake versuchen? Einen Flop werden wir drehen auf unseren blöden Rädern. Wir werden abends in unserem Ferienhaus bei Niebüll eine aufgewärmte Suppe auslöffeln, deren Geschmack wir über sind. Nach diesen drei Wochen werden wir uns satt haben. Warum wird es diesmal schiefgehen? Wegen Torsten?

Das ist doch diesmal mehr, oder etwa nicht? Du bist richtig verliebt in den, sagt Viktor beim Kofferpacken, gib es doch zu!

Verliebt, was heißt hier verliebt? Das ist endlich mal wieder jemand, den man nach dem Bumsen nicht fallen läßt wie eine heiße Kartoffel. Mehr ist da nicht.

Knapp vier Monate nach dem Dannenberger Gelage führen Viktor und Dorn, am Vorabend ihrer zweiten diesjährigen Fahrradtour, eines jener Gespräche, bei denen die Rede des einen mit der Wiederholung des letzten Satzes oder Wortes des anderen eingeleitet wird. Diesem Schema getreu sagt Viktor also: Mehr ist da nicht, aha! Und endet mit: Was du mir zumutest, ist ganz schön happig. Darauf Dorn: Was ich dir zumute, ist ganz schön happig? Was mute ich dir denn zu, kannst du mir das vielleicht sagen? Nun wieder Viktor: Das kann ich dir sehr wohl sagen...

Wie immer wird ein solcher Dialog von Dorn beendet; darauf haben sie sich vor Jahren verständigt, daran kann auch der heftigste Streit nicht rütteln. Es gehört zur Konvention ihres Krieges, daß Dorn sagt: Komm, laß uns aufhören. Wir spielen wieder Strindberg für Schwule. Und dann muß er das Zimmer verlassen und die Tür zuschlagen und hinter der Tür lauschen, ob Viktor auch wirklich seinen Epilog spricht. Der beginnt: Nicht mehr mit mir, mit mir nicht mehr...

Und dann sitzen sie stundenlang in ihren Zimmern und brüten über der Kriegsschuldfrage, den Waffenstillstandsmodalitäten und Freiheit in Frieden.

Ganz erschöpft sind sie nach diesen Waffengängen, die merkwürdigerweise immer in der Küche ausgetragen werden, immer beim Frühstück, wenn sie sich stärken für einen weiteren Tag, den zu bestehen sie sich eigentlich gegenseitig helfen wollten.

Im Auto wird nicht ein Wort gewechselt.

Auch gut, denkt Dorn, jeder für sich, und Gott für uns alle. Gemütlich schnurrt der Volvo über die Landstraße, wie lang ist das her?

An Torsten denkt er noch nicht, an den denkt Viktor.

Wie wird der aussehen, wie wird sein Schwanz aussehen, wie wird der im Bett sein, was wird der mit sich machen lassen?

Todora denkt an nichts, sagt nichts, merkt nichts. Sie sitzt im Fond eines Autos, dessen Marke sie vergessen hat, das von Geisterhand gesteuert wird, das irgendwann irgendwo anhalten wird, aber Zeit und Ziel interessieren sie nicht.

In immer unerreichbarere Turmzimmer zieht das Prinzeßchen, notiert Dorn, man muß schon sehr laut schreien, um von ihm gehört zu werden.

Wäre das Auto ein Pferd, Viktor gäbe ihm Sporen und Peitsche. Seine Eifersucht weicht gerade einem wütenden Haß auf seine Eifersucht, die – und das ist keine neue, plötzliche Erkenntnis – nicht mehr ist als purer Neid. Immer wieder packt der mich, flucht Viktor mit sich, immer wieder, als würd ich es brauchen! Ich bin kein neidischer Mensch, ich nicht! Leben und leben lassen, allen alles Schöne, Liebe, Gute und Geile. Allen alle Jungs oder Mädchen oder Männer oder Frauen, jeder und jede mit jeder und jedem. Ich will meinen Spaß haben, und ich gönne jedem seinen Spaß. Warum fällt mir das so schwer bei Dorn? Er ist doch nicht mein Teddy oder mein Dreirad! Tausend Torsten soll er haben und noch einen obendrauf, und wenn ich ihm den selber besorge. Dorn braucht das; der sieht ganz alt aus, wenn er nicht verliebt ist. Verliebt allein reicht nicht, heimlich muß es sein, heimlich, still und leise. Briefe gehören dazu, Briefe, die er versteckt, Telefongespräche, die er zu einer genau verabredeten Stunde erwartet, und Treffen in Bars, die ich nie aufsuche. Der Kitzel des Konspirativen gehört dazu, nicht die offene Aussprache. Wann werde ich mir das endlich merken können! Viktor blickt Dorn an. Verwöhntes Balg, denkt er mit jäher Zärtlichkeit, will seine Sommerlieben haben und Frühjahrsflirts, die Herbstheftigkeiten und die Wonnen des Winters. Soll er haben, und jeden Tag Geburtstag!

Würdest du mir bitte eine Zigarette anzünden? sagt er.

Wie komme ich denn zu dieser Ehre, fragt Dorn verblüfft. Schau her, du Luder! Und dann saugt er laut stöhnend an der Zigarette und massiert mit beiden Händen seinen Schritt.

Es ist gut, sagt Viktor, spar dir das für deine Bubis auf.

Ich weiß, sagt Dorn lächelnd, nicht mehr mit dir.

Todora wird munter: Ihr macht Spaß, nicht wahr?

Klar machen wir Spaß. Wir machen immer nur Spaß, frag Dorn!

Der nickt: Wie wahr! Der Ernst des Lebens hat bei mir keine Chance.

Nun ist es an Viktor zu nicken: Wie wahr! Ansonsten aber jeder andere männliche Vorname, Torsten, Markus, Oliver... und wie man halt so heißt mit zweiundzwanzig.

Rappelt's in der Beziehungskiste? fragt Todora.

Nein, sagt Viktor, eng ist es derzeit. Wir sind mal wieder zu dritt.

Nicht schon wieder, stöhnt Todora auf, das wird ja

selbst mir langsam zuviel. Und ich erhebe wirklich keine Platzansprüche.

Baby, du begehrst mich doch, sagt Dorn, lüg dir nicht in die Tasche, du bist doch ganz verrückt nach mir.

Viktor: Wer hier verrückt ist...

Dorn: Danke, lieber Freund, tausend Dank! Ich befürchtete schon, daß ich neuerdings normal wirke.

Die unzertrennlichen Zwei, denkt Todora, irgendwie schaffen die es immer wieder.

Dorn gibt Viktor einen Kuß auf die Wange.

Bitte! sagt der, ich fahre!

Und wie du fährst, Geliebtester aller Geliebten, wie ein junger Gott.

Viktor schüttelt schmunzelnd den Kopf, und mit einem Seitenblick auf sein verwöhntes Balg beginnt er zu singen: Verliebte muß man gar nicht erst in Stimmung bringen / die sind's ja schon...

Und gemeinsam mit Dorn die Wiederholung: Die sind's ja schon...

Wunderbar, wenn der Schmerz nachläßt, denkt Viktor, aber er wird wiederkommen.

Zur Abwechslung wird Dorn, der es sich bequem zu machen beginnt im lustigen Haus der zeitgenössischen Kurzprosa, ein erschütterndes Buch schreiben, ein beklemmend düsteres von fast wilder Trauer. Schlicht in seinem schmerzlichen Ernst, heroisch-männlich in der Kraft des Leidens. Ein Buch der Nacht wird er schreiben, der Nacht und des Nichts.

Eines, das weinen macht.

Die Kollegen werden durch ein Meer von Tränen waten, diese abgebrühten Hunde, und greinend sein Loblied singen. Wie eine Epidemie wird sich unter seinen Lesern manische Depression ausbreiten, unheilbar, nicht einen verschonend. Schnurren aus der Subkultur hatten sie erwartet, Neues zum Thema ›So lacht die Minderheit‹, ›So kreischt die Tunte‹. Pointen-Prosa zu den Phänomenen ›Pissoir‹ und ›Päderastie‹ hatten sie ihm zugestanden und Leichtfüßiges in Stöckelschuhen. Immer sollte er auf dem halbseidenen Teppich bleiben, Pink for the girls (und solche wie ihn), Blue jedoch for the boys, for the richtigen Jungen, die über the pink girls verzweifeln und nicht über solche wie ihn.

Aber Dorn wird sich die Narrenkappe mit dem rosa Winkel vom Kopf reißen und den Schellenbaum in Penisform in die Ecke werfen und vom Abseits auf die Main-Street treten und rufen: Es hat sich ausgelacht! Ich werd Euch stinknormal bestürzen!

›Das Buch zum Selbstmord‹ wird es flapsig in der ›taz‹ heißen, aber der flapsige Schreiber wird den Umbruch seines Artikels nicht mehr erleben. Unter Zurücklassung seiner Jute-Umhängetasche wird er die Redaktionsräume durch das Fenster verlassen, die Luftlinie nehmen, dritter Stock – Trottoir.

Das erschütternde Buch wird mit den Worten beginnen: Viktor liebt mich nicht mehr, ich liebe nicht mehr Viktor. Diese scheinbar private Katastrophe wird sehr fein eingeflochten sein in solche öffentlichen Charakters. Das Reaktor-Unglück von Tschernobyl z.B. wird den Beziehungs-Gau einleiten, und die radioaktive Verseuchung der Luft wird auf die vergiftete häusliche Atmosphäre hinweisen. Jede noch so kleine Unstimmigkeit zwischen Dorn und Viktor wird ihre zeitgeschichtliche Entsprechung finden. Wenn Dorn sagt: Ich komme mir vor wie Nelson Mandela, spielt er auf die Unfreiheit in einer prae-revolutionären Unterdrückungsliebe an. Erwähnt Viktor die Forderung der Dritten Welt nach einer neuen Wirtschaftsordnung, soll Dorn eigentlich nur mal wieder ein paar Mark in die gemeinsame Haushaltskasse legen. Abends lesen sie Erich Fried, weil der absolut kein Leid unbedichtet läßt. Dann ist alles drin in dem erschütternden Buch: Eifersucht und Eritrea.

Dorn erntet nur noch erloschene Blicke, Blicke wie Aschenregen. Er, bei dem es, laut Viktor, wieder einmal eingeschlagen hat, sieht des Geliebten Augenblitze über andere Himmel zucken.

Dampfend und duftend war er von seiner ersten Nacht mit Torsten nach Hause gekommen, und Dr. Viktor Röntgen diagnostizierte ein Herz in Flammen. Unansprechbar fröhlich hatte Dorn sein zweites Frühstück zubereitet, steppend, pfeifend, trällernd, ›Nur die Liebe läßt uns leben…‹

Und weiß glühte Viktor.

Dorn aber nahm das nicht wahr; er hatte sich Torstens fein geschwungene Nasenflügel auf den Rücken gebunden und schwebte über dem Eierkocher. ›Nur die Liebe läßt uns leben…‹

Aus schmalen Schlitzen beobachtete Viktor diesen im Sündenfall aufgestiegenen Engel, der in den Zungen deutscher Schlagertexter redete.

Flotten Fick gehabt? fragte Viktor.

Da sprang der Teufel auf des Engels Rücken und sang mit dessen Stimme: ›Jede neue Liebe ist wie ein neues Leben, Namanama nam nam…‹

Trällerte und steppte und schnippte mit den Fingern.

Mein Gott, sagte Viktor in diesem Le-Mépris-Ton, wenn eine alte Scheune brennt, dann brennt sie lichterloh!

Da fuhr der Teufel kichernd durch den Schornstein, und der Schwebe-Engel landete auf dem Terrazzoboden.

Nun erst recht, dachte Dorn und befingerte in seiner Hosentasche den Zettel mit Torstens Telefonnummer.

Schweigend hocken die drei in ihrem Ferienhaus in Waygaard über dem Abendmahl: Den Krabbenbroten, dem Spargel, dem Schinken, dem Käse, dem Eis und dem Mokka, der Captain a. D., der Ex-Champ und das entthronte Prinzeßchen. Die stadt- und landbekannten Gourmets, die das Essen verlernt haben, die nur noch malmen. Den Sonnenuntergang erleben sie, als gäbe es davon drei, an drei weit von einander entfernten Horizonten. Das Trio ›Rad-Ikal‹ hat den Zenit des kleinen Gruppenglücks überschritten; das Trio ›Rad-Ikal‹ hat sich bereits bei der Vorbereitung dieser zweiten Norddeutschland-Tournee aufgelöst. Sie haben es nur nicht bemerkt, diese schlauen Köpfe. Nun dämmert's ihnen, und nun ist es zu spät.

Sie mögen das Haus nicht, sie mögen den Garten nicht, sie mögen die Gegend nicht, und ihre Fahrräder legen sie in Ketten. Den Regen werden sie anziehen, fröstelnd werden sie stundenlang fernsehen. Sie werden viel rauchen und ganz dumm sein im Kopf.

Viktor gibt sich seinem enervierenden Spiel an den Knöpfen des Fernsehgerätes hin. Schärfe, Helligkeit, Lautstärke, nichts stimmt.

Todora sagt, ganz rostig vom langen Schweigen: Ich werd wohl lieber lesen.

Und Dorn sagt: Es gibt Ehepaare, die bringen sich gegenseitig um, weil ihre Vorstellungen von einem gemütlichen Fernsehabend unvereinbar sind.

Viktor beschäftigt sich geradezu autistisch mit der Zimmerantenne.

Todora legt Vicki Baum zur Seite, verlegen fragt sie: Wollen wir vielleicht etwas spielen?

Strindberg für Schwule, will Dorn vorschlagen, besinnt sich aber eines nicht viel besseren und sagt:

Gern, wie wär's mit Sartres ›Geschlossener Gesellschaft‹? Viktor spielt Inès, die lesbische Postbeamtin, Todora Estelle, die reiche Kindesmörderin, und ich bin Garcin, der sadistische Intellektuelle.

Typisch, sagt Viktor, das Fernsehgerät durchs Zimmer tragend, sehr typisch!

Weißt du eigentlich, warum Garcin in die Hölle gekommen ist? fragt Dorn, der brachte nachts die Nutten mit nach Haus, denen seine Frau morgens das Frühstück ans Bett bringen mußte.

Das hättest du wohl gern, sagt Viktor, Verlängerungskabel legend, du, der große Macker, und ich das Heimchen am Herd.

Dieser Rollenverteilung könnte ich einiges abgewinnen, sagte Dorn.

Unzertrennlich? denkt Todora, vielleicht packen sie es diesmal nicht.

So, sagt Viktor, jetzt haben wir ein Bild.

Es läuft ein französischer Spielfilm mit dänischen Untertiteln.

Gott sei Dank nicht ›Le Mépris‹.

Dorn macht Notizen für sein erschütterndes Buch: Stadum, im Schwimmbad.

Ich bitte Viktor, mich einzuölen. Das tut er widerwillig und zärtlich wie die Bürsten einer Autowaschanlage. Ob ich mich hier auswalzen wolle, fragt er, als ich ein schattiges Plätzchen für mein Badehandtuch, graues Frottee mit schwarzen Mäandern, suche.

Er guckt den Männern und Jungs auf die Badehose, ich guck den Männern und Jungs auf die Badehose, zwischendurch tauschen wir futterneidische Blicke.

Eine halbe Stunde brauche ich, um meine Wut über das Wort ›auswalzen‹ zu bezähmen. Wenn dieser Ton herrschen soll, bitte! murmle ich hinter seinem wunderschönen Rücken, der mich entzückt, als sähe ich ihn zum ersten Mal, als wäre es der Rücken eines mir fremden Körpers. Wenn ich auf Viktor wütend sein will, darf ich ihn nicht anschauen, namentlich seine Brustmuskulatur, ich kenne keine perfektere, drängt mich stets zur Versöhnung.

Warum? frage ich mich, mich von ihm abwendend, wohnt in diesem klassisch gestalteten Körper, an dem ich keinen Fehl entdecken kann, nicht auch ein Geist ohne Tadel? Warum ist nicht auch der Geist, gleich dem Körper, geformt nach meinem Wunschbild?

Ich habe mir Viktor in unseren gemeinsamen Jahren immer passender für mich ersonnen. Warum nur will er neuerdings meiner Idee von ihm unähnlich werden. Das finde ich unklug, weil es stört.

Das pflegeleichte Freundchen gäbe es nicht, sagt er, hätte es nie gegeben. Ich müßte ihn so nehmen, also lieben, wie er sei, oder gar nicht.

Ach, Viktor, wie einfach könnten wir es haben, verständigten wir uns auf meine Definition von Liebe und Partnerschaft. Wir hätten so viel Spaß!

Klar hätten wir Spaß!, sagt Viktor. Spaß auf seine Kosten. Aber er mache sich nicht mehr krumm für mich, für niemanden mache er sich krumm. Das möchte ich mir bitte einprägen. So ginge es ja wohl nicht, daß er mir, um nur ein Beispiel zu nennen, die Haare schneide und föne und den Nacken ausrasiere und mir sein schönstes Hemd borge, das er natürlich gebügelt habe, mir auch noch Geld leihe, was heißt Geld leihe, aufnimmerwiedersehen zustecke, das Taxi für mich rufe, mir einen ›Schönen Abend‹ wünsche und in die Hand verspreche, nicht auszugehen, weil ich ihn gern zu Hause wisse, wenn ich die Bars abklappere.

Mein Schatz, sagt er, es ist aus!

Und dann tröstet er mich, daß ich in Torsten verliebt sei, und er darunter höllisch leide.

Viktor, sage ich, so wie ich wird dich nie mehr ein Mensch lieben.

Da habe ich endlich mal ein wahres Wort gesprochen, sagt er, so wie ich würde tatsächlich niemand lieben.

Weiter heißt es in dem erschütternden Buch (erschütternd auch in seiner mitleidslosen, streng wissenschaftlichen Schilderung einer Gefährdung und eines Verfalls):

Wenn ich stoned bin, denke ich, daß die Creation eines Cocktails namens ›Power-Pool‹, der aus Milch und Bols Blau besteht, ein Geniestreich ist. Das denke ich dann auch von Sätzen wie diesem. Guckt aus dem Drink gar der goldene Stiel eines Mokkalöffelchens, höhne ich Gott:

Du bist der Schöpfer Lüneburgs, ich aber bin der Power-Pool-Prophet! Lüneburg ist der topographische Irrtum am Ufer der Ilmenau, Power-Pool der Götter-Trank! You gotta sip it, my sweet Lord!

Und immer bin ich im Kino, bin ich der Held der Schwarzen Serie:

Charly, mach die Luft aus dem Glas, stelle mir noch einen hin, mixe Himmel und Unschuld, den Bergsee und die Schneekoppe, zaubere die Farbe ins Glas, in dem forellenflinke Stadtbadjungen Fangen spielen. Dem verhärmten Private Eye stell auch einen hin und dir einen und der Blonden mit dem Problem-Haar an der Music-Box. Gib ihr Hartgeld für die 2-Minuten-Sehnsucht, sie soll die Knaben-Chöre drücken.

Charly, wenn ich andersrum wär, ich liebte die Jubelmädchen am Rande der Stadien. Cheers to the Lost und Loosing Generation! Hab ich auch niemanden vergessen? Eins laß dir sagen, Charly: Nach mir wird man die Chöre benennen, die mir zur Weihnachtszeit immer das Herz brechen. Den Tölzer z. B.

Ich hab da einen Freund, sagt der Schnüffler vom anderen Ende der Bar, der steckt ziemlich in der Klemme!

The End und Vorhang.

In Waygaard verliert der Hauptdarsteller seinen Geliebten, in L. A. seine Gesundheit. Wenn er schlau ist, macht er vorher Schluß. Mitten im Atlantik, falls er noch so weit kommt.

Captain Inès, Prinzessin Estelle und der Champ Garcin in Niebüll. Ausgang für die ›Geschlossene Gesellschaft‹, ehedem bekannt als das ›Fähnlein Wieselschweif‹. Milderung und/oder Trivialisierung der existenzialistischen Literatur durch den modernen Strafvollzug.

Zur Abwechslung schweigen sich die drei Freigänger in einer italienischen Eisdiele an.

Die Hölle, ach, die Hölle, denkt Dorn für die beiden anderen mit, die muß man sich erst verdienen. Todora und die Hölle, lächerlich. Viktor und die Hölle, lächerlich, wenn auch nicht so komisch. Ich und meine kuschlige Hölle, lächerlich-bestürzend. Auf den Feuern der Verdammnis lasse ich mir von gefönten Twens Marsh Mellows brutzeln, und die Eltern haben einen Dummen August engagiert, der ›Buh‹ und ›Huh‹ ruft und die kleine, fröhliche Schar erschrecken darf mit seinem tiefen ›Buh‹ und ›Huh‹. Potz Tausend, ist das schauerlich! Wir drei die Hölle, zum schießen!

Ja, eigentlich müßte sich Dorn bei Sartre entschuldigen, bei Storm, Proust, Löns, Hesse, bei den Filmschaffenden, der Norddeutschen Landschaft, den kleinen Türken, bei aller toten und lebendigen Materie.

Das Quängelkind und seine Weltverwertung: Die Welt ist ein Bonbonglas, sein Bonbonglas, aus dem es nascht, bis ihm speiübel wird.

Anderen auch, ergänzt der Gedankenleser V.

Haben, haben, mein, mein, schreit es den lieben langen Tag und strampelt und fuchtelt und ist ganz blau im Gesicht. Sperrt es doch endlich in die Besenkammer und lehrt es den Kalender lesen und zählen. Die Nicht-Geburtstage und die Bittermandeln im

Glas. Und lehrt es sie lutschen. Alles, was nicht zukkersüß ist, spuckt es aus, als hätte es Kröten im Mund. Den näht ihm doch endlich zu. Dann hört es auf zu spucken und zu plappern, das stuhlhohe Balg der tausend geflügelten Worte, das sabbernd über die Bücher krabbelt und ›Haben‹ schreibt und ›Mein‹.

Es reicht, denkt Dorn, man soll nichts übertreiben, auch die Einsicht nicht. Interessant war es schon...

Er schleckt die Sahne von der Löffelspitze, mümmelt am Keks und dreht den Papierschirm zwischen Daumen und Zeigefinger. Wirft ihn in die Luft und sagt:

Seht nur, der fliegende Robert!

Keine Reaktion am Tisch.

Viktor ist in Berlin-Kreuzberg einem Germanistik-Studenten auf der Spur, Todora hockt in ihrem Turmzimmer über den Wolken.

Nichts mehr hört sie, sieht sie, fühlt sie. Vor fünf Tagen hat sie sich, kurz hinter Helmstedt, in Nichts aufgelöst. Keineswegs also hockt im Turm das Prinzeßchen. Der Turm ist seit Tagen verwaist.

Dorn stellt sie sich dort oben nur vor, weil von diesem Bild etwas Tröstliches ausgeht, er darf doch nicht einfach befinden, daß Todora aufgehört hat zu existieren oder erloschen ist.

Würdest du dich als ›erloschen‹ bezeichnen? fragt er.

Wie eine träge Katze räkelt sich Todora aus dem Nichts zurück in die italienische Eisdiele.

Ich hab nicht zugehört. Was hast du gesagt?

Würdest du dich als ›erloschen‹ bezeichnen, Todora?

Warum?

Soweit Frau Todora zu ihrer Lebenskrise, sagt Dorn, wir danken Ihnen für das Gespräch.

Wie kommst du darauf? mault sie.

Mein Gott! Seit Tagen sagst du kein Wort. Du guckst Löcher in die Luft und schweigst.

Das stört doch nicht.

Es macht keinen Krach, aber natürlich stört es. Viktor behandelt mich, als hätte ich seinen kleinen Bruder vergewaltigt, und du behandelst mich überhaupt nicht. Wir wollen uns, bitte, erinnern, der Mensch ist ein soziales Wesen.

Besonders du, wirft Viktor, sich dem Mehringdamm nähernd, ein.

Tiefschlag, denkt Dorn, immer in die Eier. Torsten, mein Näschen, wo bist du?

Dorn erhebt sich: Ich will mich mal wieder bei meinen Eltern melden. Entschuldigt mich.

Ungern, sagt die Todora längst vergangener Zeiten. Und Dr. Viktor Röntgen, auf der Höhe des gegenwärtigen Geschehens, sagt: Grüß Mutter Torsten!

Dorn dreht sich um, schaut dem Freund ruhig in die Augen, verliert sich an sie, muß sich räuspern: Lieb von dir. Werde ich ausrichten.

Deine Augen sind glühende Kohlen, denkt er, gleißendes Schwarz. Auch diesen Gedanken lies!

Gelesen, lächeln die Augen des Geliebtesten aller Geliebten, längst gelesen.

Und Todora sagt, etwas zu spät im Text: Von mir auch.

Dicke Luft im Ferienhaus. Die drei rauchen sich zu. Vorsichtig, als ginge er über Eis, läuft Viktor mit dem Fernsehgerät auf und ab. Von einer Sekunde zur anderen ist ihm entfallen, daß er die dänische Hitparade sehen muß.

Todora kämpft sich durch Vicki Baum. Unvermittelt liest sie laut vor, die Worte fast buchstabierend.

Das ist nicht mehr Literatur, sagt Dorn, das ist das Mysterium.

Ja, sagt Todora.

Was ich gerade schreibe übrigens auch. Wollt ihr mal hören?

Gern, sagt Viktor, hast du zufällig Kopien der Briefe zur Hand, die du in Fahretoft so gekonnt-unauffällig in den Kasten wirfst?

Hab ich, Dorn greift nach dem Vicki-Baum-Buch und liest: Lieber Torsten Ausrufungszeichen Wie geht es Dir Fragezeichen Mir geht es gut Punkt In unserem schönen Haus am Bottschlotter See sind wir sehr glücklich. Meine Freundin Todora ist fast schon ein bißchen böse, weil Viktor und ich permanent turteln. Turteln und turteln und turteln. Wie die Täubchen auf dem Mittelstreifen des Mehringdamms bei schönem Wetter. Klammer auf Ich habe Dir doch von meinem Langzeitgeliebten erzählt Komma oder etwa nicht Fragezeichen Klammer zu. Er ist doppelt so alt wie Du, doppelt so schön, doppelt so schlau und reich, sein Schwanz ist größer und Muskeln hat er auch mehr...

So, genau so, habe ich mir dein Mysterium vorgestellt, sagt Viktor, der sich recht treffend beschrieben hört.

Schön, sagt Todora, lies weiter!

Auch meine beste Freundin Todora, Schmuck und Zierde des europäischen Hochadels, ist doppelt so alt, schön, schlau und reich. Nein, sie ist zehnmal so reich wie Du, mein bettelarmes Bafög-Bübchen, sie ist ja schon viermal so reich wie Viktor. Ich reise gern in Gesellschaft wohlhabender, älterer Menschen. Sie sind gesetzter als Du, lieber Torsten...

Dieser Typ..., Viktor deutet auf Dorn, als wäre sein Zeigefinger das Flammenschwert eines Rache-Engels, ...dieser Typ ist geburtsscheingeil, der liebt nicht die Menschen, der liebt die Jahrgänge! Denk bloß nicht, daß der mich noch liebt, mich, Jahrgang 54!

Liebling, echauffier dich nicht, sagt Dorn girrend, zieh, bitte, dein Hemd aus und zeige Todora deinen atemberaubend jungen Oberkörper.

Huch, schreit Todora, nicht nötig. Den kenn ich doch.

Den kennt leider halb Berlin, liebe Freundin, sagt Dorn, womit ich den gesamten Westteil meine!

Viktor lacht: Daß ich nicht lache!

Du hast aber eben gelacht, Viktor.

Stimmt, ich habe es auch gehört. Du hast eben gelacht, Viktor.

Ich soll gelacht haben?

Dummerchen, natürlich hast du gelacht.

Okay, dann habe ich eben gelacht. Ihr habt aber auch gelacht.

Ich nicht.

Doch, Todora, du hast auch gelacht.

(Mit dieser Nummer hatte das Fähnlein ›Wieselschweif‹ früher großen Erfolg. Das wird dir in Steinhude und Umgebung jeder bestätigen können, Torsten. Ich küsse deinen schönen Mund).

Als Dorn vierzehn war, hatte er drei Freundinnen! Und alle drei standen auf Zungenkuß, das muß man sich einmal vorstellen!

Darüber führte er Buch. In dem gab es die Rubrik ›Freunde‹ und die Rubrik ›Frauen‹, und in der las er, zu seiner eigenen Verblüffung, die Namen von Bärbel Schuhmacher, Jutta Wiedmann und Ina Lenz – für die Monate März bis Juli 1964. Dann schied Jutta Wiedmann aus. Sie mochte ihn nicht teilen. Dafür stand aber hinter dem Namen von Ina Lenz ein großes A mit Ausrufungszeichen. Die Frau ließ sich nämlich, mit Beginn des Monats Mai, anfassen, und nicht nur durch den Pulli! Das Kürzel für Zungenkuß war ZK. Ganz schön raffiniert, stimmt's? Da denkt doch jeder an ›Zentralkomitee‹ und nicht an so was.

Dorn hatte sich vorgenommen, nach dem Abitur Minister für Gesamtdeutsche Fragen zu werden und in dieser Funktion Deutschland wiederzuvereinigen. Mit seinen vierzehn Jahren war er schon ein richtiger SBZ-Experte, schrieb artige, saubere Briefe an sein späteres Ministerium und bat darin um ausführliche Informationen über die Zwangskollektivierung, die FDJ, die in ›Unfreie Deutsche Jugend‹ umbenannt zu haben, er recht stolz war, und den Staatssicherheitsdienst, in Geheimdienstkreisen kurz ›Stasi‹ genannt. Drei Freundinnen hatte er und dessen genaue Adresse. Nalepastraße 23! Ihn schauderte, wenn er daran dachte. In jedem einigermaßen spannenden Western trifft den eine Kugel, der zuviel weiß. Im wirklichen Leben, wußte der Junge, wird das nicht anders sein. Aber damit zu existieren, hatte er all seinen Mut zusammengenommen. Er würde in Bonn landen oder in Sibirien, so einfach war das. Also küßte er seine

Frauen wild und traurig; konnte nicht jeder Kuß der letzte sein?

Nie gelang es ihm, im Wildenbruch-Park Elfmeter-König zu werden, weil er ohne Ehrgeiz schoß. Die Nalepastraße 23 wollte er ausheben, das war sein Traum. Eine sichtbare, aber nicht schmerzhafte Schußverletzung wollte er sich dabei einhandeln, eine schöne Narbe sollte nach der Heilung zurückbleiben, irgendwo auf seinem Körper, wo sie nicht störte. Wenn er allein zu Hause war, stellte er sich nackend vor den Garderobenspiegel, onanierte beiläufig und betrachtete seinen Körper. Guckte sich von oben bis unten an und dachte, Hand bis Ellbogen wäre gut und Hals bis Haaransatz, dann sähe man diese Narbe auch in der Schule und nicht nur im Schwimmbad. Oberschenkel wäre schon schlechter, denn lange würde er nicht mehr in kurzen Hosen herumlaufen. Seine Brust wollte er unversehrt halten, nicht weil er ihre Reinheit oder Zartheit erkannte, aber er fühlte, und verstand, daß sie tabu war, da sie sein Herz und seine Seele barg. Die Wangen kamen überhaupt nicht in Betracht; sein Gemeinschaftskundelehrer hatte Schmisse im Gesicht, die den Jungen abstießen und bei mündlichen Prüfungen ängstigten. Sein hübscher Hintern fiel ihm erst gar nicht ein, er wußte nicht, daß er einen solchen hatte. Auf seine Stirn war er stolz, die galt als extrem hoch. Selbst wenn er schwieg, sprach sie von seiner Intelligenz, und das vernahmen sogar seine tauben Pauker. Die Stirn also auch nicht. Meistens bot er bei diesem Plazierungsspiel der Narbe sein Kinn an, oder das, was davon schon sichtbar war. Kinn wäre toll, befand er, weil er dann aussähe wie Kirk Douglas.

Auf dem Revers seiner Windjacke steckte das Brandenburger Tor, das er täglich mit dem Ärmel putzte. Macht das Tor auf, jawohl macht endlich das verfluchte Tor auf! Klar, daß die Mauer fallen muß, er kann ja nicht sein Rad nehmen und rüberspringen in den Osten. Ach, zu gern wäre er mal in die Nalepastraße geradelt und hätte zu gern, nur einen Nachmittag lang, das Haus observiert, und sehr, sehr gern hätte er seine Mathematiklehrerin enttarnt als Ost-Agentin. Nach Bautzen wollte er auch (Bautzen, kennste wohl nicht! Mensch, da sitzen die ganzen Politischen!), drei oder vier Tage Bautzen, verschärfter Kerker, und dann fliehen mit Bravour und in der ›Abendschau‹ auftreten und bescheiden sagen: Ungefährlich war das nicht! Und dezent auf den Kinnverband deuten. Seine Verwandten im größten KZ der Welt würde er grüßen und überhaupt alle Berlinerinnen und Berliner jenseits von Mauer und Stacheldraht. Dann schnell das Abitur machen und ab nach Bonn. Reden würde er verfassen, da kämen seiner Mutter schon nach einem Satz die Tränen, und die Männer müßten sich räuspern. Als Entschädigung dafür, daß der 13. August in die Großen Ferien fällt, gäbe es Ende September eine dreitägige Mahnwache der Jugend, mit Fahnen und dem Deutschland-Lied und einer gewaltigen Rede seinerseits. Ergriffen stehen wir hier, würde er vom Balkon des Rathauses Schöneberg feierlich rufen, in zorniger Trauer und traurigem Zorn. Dieser wunderbare Satz war ihm schon vor Monaten eingefallen, und er konnte ihn nur deshalb für sich behalten, weil er ihn todsicher eines Tages vor Abertausenden von Menschen würde sagen dürfen. Den Applaus stelle man sich vor! Und was Ina dazu sagte.

Nach diesem Satz würde er mit ihr im Bett landen. Jede Wette!

Es gab das Buch der Frauen und Freunde, es gab, in Paris, eine Strichliste, Buchhaltung des Buhlens genannt; und wieder legt Dorn ein Dossier an über Liebe und Liebschaften. Über Viktor, die Liebe, und Peter, die schöne Seele, Marcus, das Eulenkind, Torsten, den Teddy, die Liebschaften also, die er mit ›Liebe‹ ködert, von der er so reichlich besitzt.

Das erschreckt ihn oft, und oft erschreckt ihn auch diese Buchhalter-Mentalität, dieses Zählwerkeln, dieses penible Anlegen von Bums-Brevieren und Coitus-Katalogen.

Ich will, denkt er entschuldigend, nur das Flüchtige fixieren, das Vergängliche festschreiben. Ich will die Menschen nicht ad acta legen, ich will in einsamen Stunden nachlieben können.

Größte Scheu überkommt ihn, wenn er versucht, Viktor in Stichworte zu fassen. Viktor, sein ganzes Glück, sein halbes Leben. Mindestens!

Viktor, denkt er schuldbewußt, verdient ein vielbändiges Werk: Der frühe Viktor. Viktor in des Lebens Mitte. Der späte Viktor. Viktor – an sich. Nachträge zu Viktor.

Das wird er, nach dem erschütternden Buch, eines Tages vorlegen – und darauf verstummen, oder allenfalls noch Lyrik absondern. Dorn wird in ein erfülltes Schweigen fallen, Lucy Lehmann, Heißluft-Lyriker aus dem Saunaclub ›Gabriel‹, mag weiterhin reimen.

›Faszikel V‹ beschriftet er den Aktendeckel, darauf vertrauend, daß der Freund dieses Fremdwort nicht kennt und ›V‹ als Römisch Fünf liest.

Ungern, Dorn hat eine ausgeprägte konspirative Veranlagung, verzichtet er auf den angelsächsischen Secret-Service-Hinweis ›For my eyes only‹. Der würde Viktor nur neugierig machen.

Hier ein Auszug aus dem Faszikel V:

Langzeit-Lover, Lebensgefährte, Herzensfreund, no sex anymore, Nervtyp, als solcher jedoch göttlich, kann zaubern, inspiriert, geschickt in Haus und Garten, relativ keusch, keine außergewöhnlich promiske Begabung, ansonsten viele außergewöhnliche Begabungen (s. Anlage: Viktor und das Tafelbild), guckt den Männern nach und denkt sich seinen Teil (ich gucke den Männern nach und nehme mir meinen Teil), perfekter Körper, wilde Feuerlocken, wilder Flammenblick, anstrengend fanatisch, anstrengend moralisch, Rächer der Betrogenen aus oft gegebenem Anlaß, letzte ethische Instanz in einer verkommenen Welt, Erlöser-Typ, will mir den rechten Weg weisen, hat aber den falschen Stadtplan, lebt extrem gesund oder ungesund und sieht dabei stets frisch aus wie der junge Morgen.

Mit ihm will ich alt werden (nun nicht gerade heute oder morgen, generell, in ferner, ferner Zukunft), in seinen Armen will ich sterben (nun nicht gerade heute oder...), während einer Kefir-Kur im Kaukasus auf dem Gipfel eines eisblauen Berges.

Trinkt literweise Kaffee und träumt, schweigt wie ein Fisch oder redet wie ein Wasserfall, ist ausgesprochen maßlos, liebt mich maßlos, Strahlen gehen von ihm aus, er hat die elegantesten Bewegungen der Welt beim Telephonieren, sein Vater ist angeblich Indianer, soll ich ihm glauben? Laut Selbsteinschätzung ist er Götterbote mit weltrettender Kunde, ferner hat er eine Aufgabe hienieden zu erfüllen, über beides schweigt er sich aus. Er wird das Licht bringen, denke ich.

Torsten:

Typ Teddybär, klein, griffig, pelzig und putzig, läuft nicht, sondern springt wie ein bunter Ball, trägt teure Hemden, spitze Halbschuhe und im Sommer keine Socken, war auf einem Nobel-Internat und kennt einen Prinzen zu Schaumburg, studiert (Germanistik) wegen der Krankenkasse und der Monatskarte, vergißt die Rückmeldetermine und bekommt eingeschriebene Briefe von Ämtern und Behörden, öffnet sie nicht und zieht lieber um, sein Zahnarzt ist ihm auf den Fersen und der Hauptmieter der Gemeinschaftswohnung, in der er knapp drei Monate mietfrei lebte, er läßt viel Geld in Perückenläden und Posamenterie, sammelt Straßschmuck und träumt von taubeneiergroßen Ohrgehängen, in Frauenkleidern sieht er aus wie eine Heilige aus dem Red-Light-District, ergriffen, verworfen und keusch, in einer Frankfurter Sauna gab er sein vielbeachtetes Debut als Travestiekünstler, kann leidlich singen, träumt von der großen Karriere und einem Mann fürs Leben (glaubt, ihn in mir gefunden zu haben), ist dennoch immer in Eile, schwitzt leicht und riecht gut, kommt ständig zu spät, bringt die Wochentage durcheinander und versteht das selber nicht, hat irgendwo eine Uhr, doch wirklich, wahrscheinlich im Wäschesack bei den teuren Hemden und den Boxer-Shorts. Was fällt dir zu dem Begriff ›Sex‹ ein, frage ich ihn, und er antwortet, verlegen lächelnd: Kuscheln. Er sieht trotz seines Bartschattens aus wie dreizehn, nun gut, laß es vierzehn sein, ich beobachte ihn gerne beim Schlafen, ach, und sein Näschen! Ich könnte es ohne Unterlaß küssen, wie hübsch er ist und wie sorglos, grad dreiundzwanzig Jahre unter den Menschen, die er – Gott sei Dank – kaum wahrnimmt, sein Hund lebt bei den Großeltern in Westdeutschland, und der fehlt ihm sehr, wie Jenny, die Ratte, der er die Krallen lackiert, was sie angeblich sehr liebt, ein Abendkleid habe ich gesehen, sagt er und verdreht die Augen, daß es nur so seine Art hat, die Augen, die blau sind oder grün oder braun, ich muß ihre Farbe erst noch entdecken, noch bleibt mein Blick an seinen dichten, dunklen Wimpern hängen. Oft behauche ich seinen Nacken, und er bekommt eine Gänsehaut und sagt: Wie schön, mach weiter, und ich mache weiter, und so vertrödeln wir unsere Nachmittage, nachts auf dem Mehringdamm spielen wir ›Tour de France‹, Ampeln markieren die Etappen, und der Sieger darf sich etwas wünschen. Nun? frage ich den Träger des Gelben Trikots, und der Träger des Gelben Trikots sagt mit der Bescheidenheit des Ersten im Gesamtklassement: Ein Kuß von dir ist Preis genug, und der Ewige Zweite, der Jugend Wasserträger, sagt: Mein Torsten, wie recht du hast, die Seminare zu meiden, laß dich bloß nicht von den Germanisten einfangen, die sind hinter der schlichten Anmut deiner Worte her.

Dorn: Grüß dich, Michael. Sag mal, ist Torsten da?

Michael: Weiß ich gar nicht. Augenblick. Je-hens!

Jens, aus dem Hintergrund: Torsten? Glaub nicht.

Stumme Ratlosigkeit in Berlin-Kreuzberg.

Dorn: Michael! Ich rufe aus Westdeutschland an! Könnt ihr die Suche nach Torsten vielleicht etwas forcieren?

Michael: Daß Frisch-Verliebte immer so ungeduldig sind...

Dorn: Michael! Ich hab nur noch vier Markstücke... jetzt nur noch drei.

Michael: Jens guckt schon.

Stimme aus dem Hintergrund: Wer ist denn dran?

Michael: Dorn.

Stimme aus dem Hintergrund: Ich denke, der ist in Westdeutschland.

Michael: In Westdeutschland gibt es auch Telephone.

Stimme aus dem Hintergrund: Seit wann? Schönen Gruß!

Michael: Du, Walter läßt dich schön grüßen.

Dorn: Das hab ich mitbekommen. Schönen Dank und schönen Gruß zurück.

Michael: Schönen Gruß, Walter.

Dorn: Michael, so groß ist doch eure Wohnung gar nicht...

Michael: Wart mal, da kommt Jens. Na, hast du Torsten endlich gefunden? So groß ist doch unsere Wohnung gar nicht, Jens.

Jens aus dem Hintergrund: Der kommt gleich. Tschüß!

Michael: Hast du gehört? Torsten kommt gleich und Jens sagt schon mal Tschüß.

Dorn: Ganz toll.

Stimme aus dem Hintergrund: Ich komme schon… ich komme schon.

Michael: Ah, das ist Torsten. Der kommt jetzt gleich. Ich sag schon mal Tschüß.

Dorn: Tschüß, Michael!

Michael: Ja, Tschüß! Ich geb dir jetzt Torsten. Torsten, für dich. Dein Kerl!

Torsten: Frechheit! Mein Kerl! Hallo, mein Schatz! Schön, von dir zu hören.

Dorn: Hör zu! Wir werden jetzt gleich getrennt. Ich hab kein Kleingeld mehr.

Torsten: Nun sag doch erst einmal ›Guten Tag‹!

Dorn: Guten Tag, Torsten!

Torsten: Guten Tag, mein Schatz!

Dorn: Gleich ist aus. Nee, doch nicht, ich hab noch ein Markstück gefunden.

Torsten: Wie schön! Denkst du auch fleißig an mich?

Dorn: Tag und Nacht. Hör zu, ich ruf dich nachher noch mal an. So gegen 10.

Torsten: 22 Uhr?

Dorn: Ja, 22 Uhr MEZ.

Torsten: 10 ist schlecht. Ich geh mit Michael und Jens zu…

Dorn: Torsten? Hallo?

Schweißgebadet taumelt Dorn aus der Telephonzelle. Er flucht: Ich hasse Häuser ohne Telephon, ich hasse Münzfernsprecher, ich hasse Markstücke, ich hasse Wohngemeinschaften, ich hasse 7-Zimmer-Wohnungen, ich hasse Michael, ich hasse Jens, ich hasse Walter, ich hasse Torsten, Viktor, Todora, und ich will endlich nach Haus.

Viktor erwartet Dorn am Gartenzaun.

Deine Eltern haben wirklich Glück mit dir, sagt er, du bist ein so anhänglicher Sohn. Jeden Tag rufst du an.

Kurze Pause. Anderer Blick, andere Stimme: Na, Liebe noch frisch?

Bitte! sagt Dorn, laß mich einfach in Ruhe.

O, das kannst du haben. Kein Problem. Viel haben wir uns sowieso nicht mehr zu sagen. Findest du nicht?

Ja, Viktor.

Eigentlich gibt es keinen Grund, daß wir noch zusammen sind. Oder fällt dir einer ein?

Ach, Viktor.

Viktor zu den Schafen: Ach, Viktor, ach, Viktor! Dieser Typ hat von mir die Nase voll und traut sich nicht, das zu sagen. Der hat Angst, auf sein bequemes Leben verzichten zu müssen. Der denkt, ich spiele Mama und Papa für ihn.

Das denke ich nicht, Viktor. Eltern lieben bedingungslos.

Ach so! Bedingungslos! Welche bedingungslose Rolle soll ich denn für dich spielen? Die einer genügsamen Geschirrspülmaschine vielleicht? Viktor wieder zu den Schafen: Der Typ denkt, ich sei seine Geschirrspülmaschine.

Dorn, sehr leise: Viktor, ich...

Viktor, heftig: Stop! Sag jetzt bitte nicht, daß du mich liebst. Sag das zu Torsten und Marcus und Peter. Aber sag das nicht mehr zu mir. Dir glaube ich nicht mehr, dir glaube ich kein einziges Wort mehr. Hörst du? Ich liebe dich, ich liebe dich! Wie sieht denn deine Liebe aus, he? Einfach soll sie sein, nice and easy.

Ja, Viktor, das soll sie wirklich sein. Nice and easy.

Der permanente Honeymoon! Tut mir leid, nicht mit mir. Mit mir nicht. Immer-nur-lächeln-und-immer-verliebt!

Schade, Viktor.

Schade, Viktor. Wo bin ich denn in diesem Flitterwöchnerleben, he?

Du bist in meinem Herzen.

In deinem Herzen! Vielen Dank! Da herrscht mir ein zu großes Gedränge.

Nicht, wo du bist, Viktor, dort hege ich niemanden sonst. Du bist der Himmelssohn in der Halle der höchsten Harmonie, du bist mein Kaiser von China!

Spinner, das zieht bei mir nicht. Ich bin der alte Besen in der Abstellkammer, sag's ruhig!

Nun, da beide zum Orgasmus gekommen sind, schweigen sie endlich. Atmen ruhiger, suchen sich mit den Augen, entschuldigen sich und verzeihen. Aber eigentlich, denken beide, gibt es nichts zu entschuldigen und zu verzeihen.

Sie müssen die Sprache der Eifersucht verlernen, die nicht aus Wörtern besteht, sondern aus Opfer-Stöhnen und Täter-Geschrei, aus atavistischen Lauten, die so äffisch sind wie ein buschig behaarter Rükken. Widerlich! Sie müssen lernen, miteinander zu reden ohne Pein. Harmlos, wie Dorn zu sagen beliebt, ganz harmlos.

Sie liegen im Gras und warten auf das Ferien-Feeling. Alles ist da, was ihnen in Steinhude und Lüchow-Dannenberg dieses fast peinliche selige Lächeln auf die Gesichter gepappt hatte: Badende Kinder, grasende Schafe, eine Überlandleitung für die Perspektive, Himmel unendlich, darauf fünf Wölkchen in schöner Verteilung, und Luft, so clean, Todora, du müßtest sie schlürfen!

Sie liegen auf denselben Decken, trinken aus denselben Gläsern, wickeln das gleiche Brot in dieselben Leinentücher und schneiden es mit nämlichem Messer. Dem Wein sind sie treu geblieben und dem Dope, und wieder kreist der ›Alte Frundsberg‹.

All das schütten sie in ihre Köpfe und rühren und kosten. Doch es will ihnen einfach nicht schmecken. Den Appetit haben sie verloren, vom Fleische werden sie fallen, es steht ihnen bis zum Hals.

Da grasen sie zum zweiten Mal in diesem Jahr Norddeutschland ab, kriechen auf allen vieren über Wiesen und Auen und mögen kein einziges Blatt. Satt sind sie! Kar-Wochen stehen ins Haus, Unheil-Fasten, Kreuzweg-Touren, Sühnezeichen und Bußgeldbescheide.

They never ever come back! Sie hätten es wissen müssen. Wir sollten hier einen Film drehen, sagt Dorn. Was haltet ihr davon?

Er schiebt noch ein munteres ›Na, wie wär's‹ nach, das jedoch ohne Echo verhallt.

Wenigstens habe ich meinen guten Willen gezeigt, denkt Dorn, dann mache ich meinen Film eben allein: ›Torsten, Torf und Tausend Tränen‹, ein Heimatfilm mit Eddi Constantine als Schimmelreiter.

Zur Requisite sagt er: Also, Kinder, morgen wird gedreht! Bis morgen zaubert ihr mir folgendes vor die Linse (so spricht man doch beim Film, oder etwa nicht?): Badende Kinder, hager, mehr in Richtung sehnig als dürr, naß, braungebrannt, flachsblondes Haar, muß nicht echt sein, helfen wir mit ein paar Tropfen Wasserstoffsuperoxyd nach, sagen wie sieben Stück, mehr Jungs als Mädchen, Betty, nun guck nicht so schockiert, ich war schon beim ›Krieg der Knöpfe‹ dabei und konnte mich auch ganz gut beherrschen, sollen nicht älter als zwölf sein, pubertätsmäßig darf da noch nichts laufen, wir wollen schließlich Kunst machen und nicht Werbung für Aknecreme, wär schön, wenn ihr einen kleinen Türken auftreiben könntet, dann haben wir auch die Ausländerproblematik drin, von wegen Fördermittel und so, der kleene Türke darf schon Haare haben, die anderen bitte nicht. Okay?

b-tens, Kinder, da dürft ihr ruhig lachen, das ist b und zweitens in verbaler Verschmelzung, wenn ihr mir folgen könnt, also b-tens, Kostüm fällt nicht viel an, die baden die ganze Zeit nackend, ab und an werden Handtücher um die jungen Hüften drapiert, das will ich wohl gerne übernehmen, Betty, halt dich bedeckt, check du mal aus, ob es den Weißwarenlieferanten von Marcel Proust noch gibt, Namen schon mal gehört?, na prächtig, zahlt sich doch aus, Frau auf Höhere Schule zu schicken, vielleicht gibt's den Laden ja noch, fliegste hin, leierst dem ein paar Handtücher aus den Rippen, sagste, daß er in den Nachspann kommt, sparen wir ein paar Mark für die Innenaufnahmen und haben Pariser Chic drin, wie findet ihr mich?

c oder tertium, grasende Schafe, dürfte ja wohl kein Problem sein, die stehen hier überall rum, wollen die eigentlich Gage?, vorsichtshalber Besitzverhältnisse klären, möchte schließlich keinen Ärger mit den Eingeborenen, wenn die nicht grasen wollen, setzen wir die einfach ein paar Tage auf Null-Diät, wie?, die grasen permanent?, ist ja widerlich, vermehren, fressen und geschoren werden, mein Traum von einem erfüllten Leben, bevor ich zu Punkt 4 komme, macht Betty erst mal eine lange Leine, Kinder, auch darüber darf gelacht werden, wer jetzt nicht lacht, zieht an meinem Menthol-Stift, na seht ihr, kommt doch von Herzen, also, 4., eine Überlandleitung hätt ich gern, damit Tiefe ins Bild kommt, die bekomme ich zwar auch ohne Überlandleitung rein, aber daß in diesem Land jeder an der Steckdose hängt, läßt sich damit sehr dezent versinnbildlichen, machen wir so 'ne richtig brutale Totale von dem Ding, dann sind auch die Öko-Freaks versorgt, übrigens, Kinder, die Überlandleitung nicht selber legen, nur finden, meine Lieben, nur finden, ein bißchen was hermachen muß die schon, ist ja wohl klar, oder?, also, Jungs und Mädels, in die Puschen und los, vielleicht fällt mir bis morgen auch noch eine Handlung ein, wenn nicht, machen wir auf Experimentell-Avantgardistisch und lassen rätseln, okay? Hasta la vista, ihr Genies!

Handlung, wenn's denn sein muß! Erst mal die Personen klarmachen:

Torsten spielt Torsten, Viktor den Torf, ich Tausend und Todora die Tränen. Eddie, in einer kurzen, aber intensiven Traumsequenz den Schimmelreiter. Was der in dem Streifen zu suchen hat, bedarf nicht der Deutung, Eddie ist seine eigene Deutung!

Wie nun, um mit mir zu beginnen, ist die Rolle des ›Tausend‹ anzulegen! Der Tausend, veraltet für ›Teufel‹, uns nur noch geläufig in dem Ausruf ›Potz Tausend‹, ist der Verderber der Jugend, der Verführer und Verleiter, der Verschwörer und Verschwefler, der Anti-Christ als Super-Star. Sein Widersacher ist der Heilige Viktor, der Überwinder des Fleisches. In der letzten Einstellung, der letzten von vierundzwanzig, wird er in eine Schubkarre geschippt, von Torsten mit schweißglänzendem Oberkörper. Dazu Viktor aus dem Off: Nehmet hin, dies ist mein Torf! Totale aufs Torf, Auftritt Todora, d. h., Tränen tropfen in die Schubkarre. Der Tausend bespringt Torsten. Auftritt Eddie, das kopulierende Paar gerät unter die Hufe des Schimmels, den aus Kostengründen Viktor und Todora spielen, die eh nicht im Bild sind. Eddie runter vom Pferd, Nachspann ab, dazu Eddie: Schenk deiner Frau doch hin und wieder rote Rosen...

Die Rolle des Torsten erfordert Jugend, Schönheit, ein ganz bezauberndes Näschen und wenig Text. Torsten, von Kopf bis Fuß in Yves Saint-Laurent, kommt gerade zurück von der Beerdigung seiner Großmutter, die auf der Freitreppe des Spiel-Casinos von Monte Carlo an einer Überdosis Pepsin-Wein gestorben ist, in dem ganz unerhebliche Spuren von ›The Magic Mushroom‹ entdeckt wurden. Omas Leiche wird von Todora gespielt oder von Todoras Oma. Torsten hat eine Schafherde geerbt, einen kleinen Türken, ein Kraftwerk und die Angora-Leibchen von Marcel Proust. Irritiert fragt er sich, was davon Knete bringt, und was nur kostet, und geht grübelnd über eine Sommerwiese. Auf der stehe ich, verkleidet als Tausendschönchen, und mache den jungen Erben mit Erfolg an. Im Liebesrausch schenkt der mir eine türkische Schafherde und den Mast einer Überlandleitung, in die jemand ›Je t'aime Marcel‹ geschnitzt hat. Das kann Viktor erledigen, der hat eine abgebrochene Kunsttischlerlehre hinter sich. Wie übrigens Jesus!

Viktor, der heilig-heilige Viktor, dezidierter Verfechter der Joseph-Ehe, ist Schutzpatron der badenden Kinder mit ausgeprägtem Adoptionszwang. Die badenden Kinder gehören folglich zu ihm, mit Ausnahme des kleinen Türken. Der gehört Todora, Torsten und Tausend und endlich einem christ-demokratischen Ausländerbeauftragten, und bei dem geht es ihm furchtbar dreckig. Mehmet-mein-Falke, so der Name des kleinen Türken, gelingt die Flucht in das Stadumer Schwimmbad, wo sich Viktor sogleich seiner annimmt, ihn also adoptiert. Aus lauter Dankbarkeit verschenkt Mehmet-mein-Falke Todora an seinen guten alten Vater in Istanbul. Unter dem Namen Viktor Heiliger beendet er die Kunsttischlerlehre und wird Herrgottsschnitzer in Wewelsfleth. Er verschlingt wie ein Verrückter Schweinefleisch und beginnt, den flachsblonden Jungen nachzuschauen. Die vom Glückstädter Jugendamt sind's zufrieden. Er hätte auch AKW-Gegner werden können, bei dem zweifelhaften Umgang. Todora eröffnet, zu niemandes Überraschung, in der Türkei einen Nachtclub, der Keimzelle einer rapiden Homosexualisierung des Osmanischen Reiches wird. Das versöhnt natürlich die alten Griechen mit ihrem Erzfeind, und das vereinte Zypern wählt Mehmet-mein-Falke zur Königin oder zum König, je nach Laune.

Eigentlich geht es in dem Streifen darum, daß ein lustloser, etwas hektischer Berliner Literat einen lustlosen, etwas zappligen Frankfurter Germanistik-Studenten trifft, an einem etwas finsteren Ort.

Da die beiden sonst nichts Rechtes zu tun haben, raffen sie sich auf und verlieben sich. Sie verletzen ein paar Leute, trinken entschieden zuviel, veranstalten Radrennen auf dem nächtlichen Mehringdamm, streicheln sich im ›Anderen Ufer‹ und fallen schließlich, weich, in ihre alte Lustlosigkeit zurück. Das bedauern sie ein wenig, und eines Tages rufen sie sich nicht mehr an. Von einer Trennung kann man eigentlich nicht sprechen, höchstens von unmerklicher Auflösung.

Der Literat schenkt dem Studenten sein Buch, der Student dem Literaten seine Sonnenbrille. Drei Briefe gibt es und ein schönes Wochenend in Mannheim. Irgendwann erhält der Literat eine Jux-Postkarte von einem Torsten. Und er fragt sich, welcher?

Nun baue das einer in die Rahmenhandlung ein und in ganze vierundzwanzig Einstellungen.

Das erschütternde Buch, das zu vollenden Dorn immer wieder hinauszögert, weil mit ihm des Lebens Ernst in die doch heiter zu haltende Kunst eindränge, wird nicht nur von dem Ende einer Jahrhundert-Liebe zu berichten haben, sondern auch von einer nicht tot zu kriegenden Megalomanie.

Auf den Vordrucken der Bonhoeffer-Heilstätten wird es die Anamnese einer Krankheit präsentieren, die Symptome der Anomalien ›Don Juanismus‹, genannt auch ›Vergeilung‹; ›Narzißmus‹, genannt auch ›Spiegelleckerei‹; ›Zentroversion‹, genannt auch ›Weltnabeltum‹ und ›Cäsarenwahn‹, genannt auch ›Gottbegehren‹, aufweist.

Hätte Dorn seinen ›Pschyrembel‹ mit auf die Fahrrad-Tour genommen, könnte er diese Aufzählung seitenlang fortsetzen, könnte er alle Bresthaftigkeiten eines Menschenkindes benennen, das permanent ›Ich‹, ›Mir‹ und ›Mein‹ ruft, das unter einer Jahrhundert-Liebe leidet, die einzig und allein es selbst meint und niemanden sonst.

Vom Ende dieser Liebe wird der Autor des erschütternden Buches nicht erzählen, denn sie vergeht erst mit dem Autor. Dann erst hat die Liebe-Seele-Ruh, und die Welt ein Spectaculum weniger.

Ungern gesteht Dorn sich ein, daß ihm sein ›Pschyrembel‹ fehlt, hat er sich doch darauf kapriziert, mit nur zwei Büchern höchstens zu reisen.

Was brauch ich denn schon? pflegt er zu sagen, mit meinem Hölderlin und meinem Schwarzenegger komme ich allemal um die Welt.

Diesen Satz hat er auf einem von Ingeborgs Tees getestet, und dort kam er recht gut an. Aber bei Ingeborg kommt alles, was er sagt, gut an. Ob er nun in guter

Form ist oder nicht, sie ist ihm von Herzen gut, und wenn er sich mal in die Kalauerei plaudert, lächelt sie nachsichtig und sagt: Du, Guter!

Er sollte sich hüten, draußen die Welt hängt in ihrer Gesamtheit nicht an seinen Lippen, bettet nicht jeden seiner Sätze in die Schöne-Worte-Wiege, die sacht zu schaukeln, all die guten Freunde sich verschworen haben. Im Berliner Buchhändlerkeller ließ er diesen Satz (Was brauche ich denn schon...) einmal steigen, worauf ihn Monsieur Capet fragte, ob Schwarzenegger einer dieser Grazer Autoren sei? *Der* Grazer Autor, antwortete Dorn, kennen Sie seinen Roman ›Bodybuilding für Männer‹?

Ingeborg! erzählt er anderntags, das Gesicht hättest du sehen sollen. Und Ingeborg zeigt sich über die Maßen amüsiert: So macht man sich Freunde! Und Dorn revanchiert sich mit einem Lächeln feinsten Einvernehmens.

Ich werde wohl nicht erklären müssen, denkt Dorn, warum der Held meines erschütternden Buchs nur Hölderlin und Schwarzenegger liest. Ich lasse einfach anklingen, daß er dichtet und von kräftiger Statur ist. Vielleicht nenne ich ihn Tasso Tarzan zum leichteren Verständnis. Was haltet ihr davon? fragt er.

Todora mustert ihn. Schätzt die Breite seiner Schultern, den Umfang seiner Bizeps, vergleicht ihn in Gedanken mit Johnny Weissmüller und sagt:

Überleg es dir noch einmal. Du nennst ihn besser ›David‹. Viktor greift in Zeitlupentempo nach dem Leitz-Ordner mit den Manuskripten, blättert sich durch die paar Seiten und sagt:

Tasso? Warum nicht. Die Menge macht es ja wohl nicht in der Literatur.

Warum versteht mich denn niemand, sagt Dorn, der Held heißt so, nicht ich!

Ach, Schätzchen, sagt Viktor.

Und Todora sagt: Mein Held!

Und das heldenhafte Schätzchen verschwindet mit seinem Leitz-Ordner und seiner Reiseschreibmaschine in den Garten, läßt sich in einen Liegestuhl fallen und tippt los wie eine Furie:

Auf der Deichkrone sehe ich in bisher nicht gekannter Klarheit, daß es in meinem Leben nur um mich geht. Daß ich einsamer bin als der Einsame von Sils Maria, einziger bin als der Monolith von Minusio, hehrer als der Hehre von Hersfeld und durch den High Noon muß ohne Grace Kelly. Hélas, daß ich nicht mehr alle Zeit der Welt habe, mich auszukosten! O ewiger, unstillbarer Hunger nach dem Selbst. Viktor? Viktor? Nie gehört!

Die Schreibmaschine drückt gegen der Furie Magen, aber die Furie, einmal in Fahrt, läßt es sich nicht verdrießen:

Ich schwimme, ich dusche, ich öle, ich brate, ich ficke meinen Sonnenbrand. Endlich eins mit dem Körper. Ich trete, ich schalte, ich trete, ich schalte, ich trete. Endlich eins mit der Maschine. Ich bin die Gänge, die Steigung, die Talfahrt und der Gipfel. In meinem Windschatten segelt Viktor, in Viktors Windschatten segelt Todora. Ich führe. Ich, die Speerspitze des Radsports, geboren im Gelben Trikot, auf der Kuppe des Tourmalet.

Dorn muß husten und die Reiseschreibmaschine boxt gegen den Magen. Bequem ist das nicht, denkt er.

Am Tisch säße er jetzt gern, aber am Tisch sitzen Viktor und Todora, einen Ausflug nach Sylt planend.

So toll sind die Dorfgasthäuser auf die Dauer auch nicht, sagt Todora, ich könnt mal wieder ein bißchen Chic vertragen.

Korn in allen Ehren, sagt Viktor, aber ab und an darf's auch ein ›Between the sheets‹ sein.

Dorn mischt sich ein: Wenn ihr Menschen wärt wie Doornkaat, eckig und ehrlich, würde euch hier nichts fehlen.

Komm her, Doornkaat, ruft Viktor, der des lieben Friedens willen das Stichwort ›ehrlich‹ nicht aufgreift, so gern spielt er Strindberg nun doch nicht, setz dich zu uns.

Dorn klemmt sich die Insignien seines Dichterfürstentums unter die Arme und schreitet zur Terrasse. So nett gebeten, mag er die Einladung nicht ausschlagen. Es pressiert nicht, denkt er, das erschütternde Buch kann warten. Reifen muß es, notiert er in Gedanken, ohne Hast.

Sylt ist toll, sagt er, da gibt's schwule Bars.

Dann kann ich ja wohl hier bleiben, sagt Todora spitz.

Soweit Sylt, denkt Dorn. Und Viktor erklärt: Wir fahren nach Föhr.

Dorn wußte es, Au-Ja-Todora freut sich.

Auf Föhr kommen sich die Freunde vor wie Eindringlinge, wie die dreifache Bedrohung des Inselfriedens, der Altersversorgung und der christlichen Seefahrt. Von den Rentnerrudeln ernten sie scheele Blicke.

Hast du die gesehen, Papa?

Papa hat sie gesehen, vor allem Todora in ihrem Trägerhemdchen! Papa kribbelt's in den lahmen Lenden. Empörend! Papa kann nur mit dem Kopf schütteln.

Hanna Reitsch, das war eine Frau! Propper! Die mochte sogar der Führer.

Wenn du hier nicht aussiehst wie Willy Birgel, sagt Dorn, hast du auf der Promenade nichts verloren.

Komisch, sagt Viktor, wo alte Leute sind, ist immer Fichtelgebirge, Liedergut und Wassertreten.

Uns verfolgt die graue Herta, sagt Todora, schaut sie euch an. Sie sind böse und welk. Nicht ein gutes Gesicht. Grausig!

Tja, liebe Freundin, das Alter ist häßlich.

Ausnahmslos?

Ich befürchte, ja!

Ein Kleinbus, beladen mit tausend Jahren Haß, versucht das Trio von der Straße zu fegen. Das Trio liebt das Leben, nicht die Vorfahrt. Das Trio läßt ihn sausen.

Das war Absicht, sagt Todora, der hat uns doch gesehen. Eben drum! sagt Dorn.

Und Viktor, kreidebleich, kann nur noch sagen: Kotz!

Auf der Strandpromenade erfüllt sie dieses durch extreme UV-Bestrahlung hervorgerufene Gefühl existenziellen Seins.

Wißt ihr was? sagt Dorn, ich komme mir vor wie ein Grill-Hähnchen aus einem Camus-Roman.

Der Joint zeigt Wirkung, und Viktor sieht nur noch Kriegerwitwen und alte Nazis. Er formt die rechte Hand zur Pistole und macht ›Peng, Peng, Peng‹ mit heller Kinderstimme.

Abknallen, sagt er, alle abknallen.

Dorn schießt mit links: Jawohl! Denen mußt du das Böse aus dem Kopf pusten. Bei denen mußt du im Hirn aufräumen und Platz schaffen für den Zweifel. Für einen einzigen Zweifel.

Endlich, spät wie Grace Kelly in High Noon, greift auch Todora zur Waffe: Peng, Peng Peng... die Killer killen. Und der Horror vor den beige-bekleideten Greisen vereint die drei im Lied: Peng, Peng, Peng... die Killer killen!

Hast du die gehört, Papa?

Papa hat sie gehört und tippt sich an die Stirn, genau ins Schwarze, genau ins Ziel der Dreieinigkeits-Kugel.

Die Killer-Killer ruhen aus im Schatten. Föhr ist befreit von Kriegerwitwen und alten Nazis, und Dorn widmet sich wieder friedlich-kunstsinnigen Gedanken. So stellt er sich beispielsweise vor, er sei Cinéast, der einen Cinéasten beim Rauchen beobachtet – unter den Blicken eines Cinéasten, der sich beobachtet weiß.

Lidloser Blick ohne Tiefe. Denken, Sonne denken und den Film überbelichten. Glut ohne Gift. Ohne Menschen. Das zersprungene Waschbecken eines Hotelzimmers in Algier lieben und darüber den Küchenjungen bumsen mit einer ›Gitanes‹ im Mund. Im Spiegel ein leidenschaftsloses Gesicht belauern, das eigene, das erstarrte. Kein Laut, nur Gleißen. Knebel gegen das Wimmern, die Hände streicheln den Rand des Waschbeckens. Alles Hitzige spritzt in den Küchenjungen, der nicht stöhnen darf.

Getrockneten Fisch essen von der Sportseite des ›Figaro‹ und herunterspülen mit afrikanischem Cognac. Mit dem Fieber diskutieren über fensterlose Monaden und den Standpunkt der Kälte vertreten. Keinen Brief mehr öffnen und mehrmals täglich das Hemd wechseln ohne Grund.

Das, denkt Dorn, oder ein leichtes Leben vor dem

Wind. Zehn Uhr abends. Anrufen kann ich dich nicht, du bist mit Michael und Jens bei... Bei wem eigentlich? Das hast du mir verdächtigerweise überhaupt nicht gesagt! Du bist doch sonst nicht so verschwiegen – merkwürdig, sehr merkwürdig! Torsten, betrügst du mich schon? Das darf doch nicht wahr sein! Ich bin verliebt und monogam wie ein Hetero, und du gehst mit Michael und Jens zu einer Orgie! Genüge ich dir schon nicht mehr nach kaum vier Wochen, brauchst du schon die Abwechslung? Ist dieser Typ schöner, schlauer und schärfer als ich? Hat er etwas, das mir abgeht? Was denn? Du kennst mich doch noch gar nicht nach knapp vier Wochen. Wart doch erst einmal ab, womit ich noch herausrücken werde...

Torsten, du darfst keinen Galan haben neben mir!

Das sagte ich wohl schon, oder?

Dich belege ich mit einem derart ausgeprägten Besitzanspruch, daß du stolz und dankbar sein kannst! Du bist nun mein, Torsten, bis ich sage, du bist nicht mehr mein – macht dich das nicht furchtbar glücklich? Kannst du aus diesen neuen Eigentumsverhältnissen keinen Lustgewinn ziehen? Mir gehörst du jetzt, verstehst du, mir! Du Sonntagskind, womit hast du das nur verdient?

Du bist jetzt meine kleine Braut, und wenn du während meiner Abwesenheit schön brav bist, erfülle ich dir deinen Herzenswunsch und nenne dich, auch in der Öffentlichkeit: Gisela! Und du darfst Herbert zu mir sagen, und überall wird es heißen: Da kommen Herbert und Gisela! Ist das nicht ein schönes Paar?

Elf Uhr abends. Da telephonieren unmöglich, werde ich dir also schreiben, werde dich zu später

Stunde wissen lassen, warum ich gerade dich erwählt habe unter allen Sternchen:

Da gibt es

1. die Innenflächen deiner kleinen, weißen Hände! Die Innenflächen deiner kleinen, weißen Hände sind weich wie kleine, weiße Mäuse. Sind so zart, als hättest du mit ihnen noch nie gearbeitet. Recht so, Torsten! Nimm bloß keine Handlanger-Jobs an, verdinge dich bloß nicht bei ›Butter Beck‹ als Pyramiden-Sklave. Laß andere die Konservendosen stapeln. Du halte nur deine kleinen, weißen Hände auf, in die dein Vater leichte, glatte, saubere Hundertmarkscheine legen möge – für dich und mich – und schwere Klunker. Die hänge um deinen schlanken, weißen Nacken, an deine kleinen Ohren, die eher wachsgelb sind als weiß, stecke sie an die kleinen, weißen Finger deiner kleinen, weißen Hände, und dann streichle mich mit deinen kleinen, weißen Händen. Das Weiche und die Härte.

Da gibt es

2. deine Bernstein-Katzen-Mandel-Augen!

Du hast die Augen einer Katze, die mandelförmige Augen hat, die die Farbe des Bernsteins haben, der blau ist oder braun oder grün oder grau oder sogar bernsteinfarben oder schwarz wie Kohle, dunkel wie Viktors Augen, die Samt sind, Pech und Ebenholz. Kannst du mir folgen?

Was soll der Geiz? Alle Farben haben deine Augen, alle Formen! Mandel und Halbmond und Bogen und den Buckel einer erwachenden Katze. Mäuse fängt die Katze nie; den ganzen Tag sitzt sie träge auf einer sonnigen Fensterbank und putzt sich die oben beschriebenen Augen mit ihren oben beschriebenen Pfoten.

›Tom & Jerry‹ heißt die Katze, und sie ist beim Film. Sie ist einem Münchner Geisha-Imitator davongelaufen, der sich nach ihr die na-was-wohl ausweint?

Dir übrigens nicht unähnlich der Bayer. Ehrlich gesagt, Torsten: Irgendwie seht ihr alle gleich aus. Wie ein unendlich geklonter Traum von der Jugend. Drucke für den Wechselrahmen, erschwinglich durch die hohe Auflage. Schmuck für die Rauhfasertapete, Billig-Blue-Boys für den Mann mit dem Goldhelm, der auch nicht so ganz echt ist, den ich so oft zitiere.

Ach, Torsten, wir beide werden auch kein Original pinseln.

Nun gibt es noch

3. deinen Leib. Soll ich wirklich, willst du es wirklich hören? Wenn's denn sein muß:

Da gibt es

3. deinen Leib. (Recht so, Torsten?) Dein Leib ist, wer hätte das gedacht, klein und weiß und weich, mäuseklein und mäuseweiß und mäuseweich. Und den frißt heute nacht der Kater. Punkt. Aus. Schluß.

Soviel zu deinem Leib.

Torsten, ich sitze hier in Waygaard auf dem Trockenen, wie soll ich da flüssig deinen Körper beschreiben? Wie denkst du dir das eigentlich? Meinst du, ich habe Lust, mir die Onanievorlagen auch noch selbst zu basteln?

Du hältst dich fit in deiner Herrenriege, und ich versteife an der Schreibmaschine. Mit mir nicht, Torsten! Du gehst jetzt sofort nach Haus und wartest auf meinen Anruf. Dies ist ein telepathischer Befehl!

Guten Morgen, Waygaard!

Guten Morgen, Welt!

Guten Morgen, Torsten, meine Sonne!

Vom schwimmbadblauen Himmel lachst du mir in den Garten, in Herz und Feder, aufs eisbärweiße Schreibpapier. Über den Bottschlotter See schweben die Surfer, und zitronenblonde Kinder entbieten mir ein fröhliches ›Moin, Moin‹. Ich habe gut geschlafen, schön geträumt, geil gewichst, und nun ist die Welt wieder im Lot.

Ich weiß übrigens selbst, daß das Haar flachsblond ist und das Papier schneeweiß und der Himmel himmelblau, aber der Tag ist so frisch und neu, und ich bin so frisch und neu, da sollen auch meine Worte frisch und neu sein, wie denn auch meine zärtlichen Gefühle frisch und neu sind. Nochmals: Guten Morgen, meine Sonne!

Höre zu: Dich wird ein Brief erreichen, der mit meinem Namen unterschrieben ist. Laß dich, bitte, nicht täuschen, dieser Brief ist eine Fälschung! Den haben unsere Feinde verfaßt, nicht ich! Ich gurre, wenn ich an dich denke, sie aber knurren. So einfach ist das, da brauchst du keine Textanalyse zu betreiben. Merke dir! Alles Lichte ist von mir, alles Düstre von unseren Feinden. Ich jubiliere, sie jammern. Ich bin in dich verliebt, sie haben dich lieb, das ist der große Unterschied! Du sagtest, du hättest Erich Fromm gelesen, wenn ich mich recht erinnere. Dann weißt du, was ich meine!

Liebster, hattest du einen schönen Abend? Ich habe mich so von Herzen gefreut, daß du nicht schluchzend neben dem Telephon gehockt und auf meinen Anruf gewartet hast. Jedenfalls nicht zwischen zehn Uhr abends und zwei Uhr in der Früh. Dann hatte ich die

Schnauze voll und sprengte die Telephonzelle in die Luft. Wir sprechen uns in Berlin!

Dorn steigt aufs Rad.

Ich steige aufs Rad, stellt er fest, keineswegs schwinge ich mich aufs Rad. Wann habe ich mich das letzte Mal auf ein Fahrrad geschwungen?

Bin ich wenigstens dabei beobachtet worden, von Menschen, die sich ganz unbewußt, gleichsam natürlich aufs Rad schwingen? Haben die gedacht: Da schwingt sich aber einer aufs Rad, da will es einer, ein alternder Körper nämlich, noch einmal wissen? Oder haben sie nur gedankenlos wahrgenommen, daß sich jemand einfach auf sein Fahrrad setzt, einfach so, als wäre das Sich-Schwingen das normalste auf der Welt, als würde jeder mühelos in den Sattel steigen? Als gäbe es nichts als diesen jungen Schwung?

Ist es damit nun ein-für-allemal vorbei, oder kann ich mir diesen Schwung wieder antrainieren? Kann sich Viktor z. B. noch daran erinnern, daß ich äußerst flott aufs Rad zu steigen pflegte? Was denkt Torsten über die Art meiner Fahrradbesteigung? Fällt ihm etwa schon auf, daß ich mein Bein nicht mehr so hoch bekomme wie er? Stört ihn das, oder – schlimmer noch – rührt ihn das? Hat meine physische Hinfälligkeit etwas Mitleiderregendes oder etwas Abstoßendes? Legt Torsten in Gedanken die Meßlatte an, um den fortschreitenden Verfall millimetergenau zu dokumentieren? Wird er mich verlassen, fallenlassen, wenn mein Bein unter die Einmeter-Marke rutscht? Wieviel Zentimeter Spielraum habe ich noch? Wann wird es heißen: Seht nur, da kommt ›Old Bleifuß‹! Helft dem Opa auf die Stange!

Aus einem Daimler oder Bentley darf man krauchen, auf ein Fahrrad aber muß man sich schwingen. Jenseits von Pferdestärke und Muskelkraft liegt die Verachtung, so ist es doch! Die Maße müssen einfach stimmen, bei Hubraum und bei Oberschenkel.

Sollte denn alles umsonst sein? Die Bierhefe-Kur? Schlägt die bei mir überhaupt nicht mehr an? Ist es zu spät für diesen Renner aus dem Hause Cenovis, für dieses Naturprodukt mit dem höchsten Gehalt an natürlichen B-Vitaminen, dieses tägliche Plus für Schönheit und Wohlbefinden? Wer außer mir achtet so akribisch auf eine stetige Zufuhr von Pantothensäure, Niacin, Biotin und Cholin.

Ich denke, Bierhefe aktiviert den Zellstoffwechsel, fördert die Widerstandsfähigkeit, stärkt die Nerven, garantiert den Leistungserhalt, bewirkt reine Haut, schönes Haar und kräftige Fingernägel. Steht nicht auf der Packung: Bierhefe bei sportlicher Leistung! Im Wachstum! In der Stillzeit! In der Rekonvaleszenz! *Im Alter*!

Fit mit Cenovis, heißt es. Gegenanzeigen nicht bekannt! Und die Mineraletten, die ich seit drei Wochen schlucke, warum, Potz Tausend, wirken die nicht bei mir?

Ich lese: Mineraletten – bei sportlicher und geistiger Hochleistung. Das habe ich schwarz auf weiß, aber das spüre ich nicht. Unter »Weitere Angaben‹ ist auf der Gebrauchsinformation geradezu mein Credo abgedruckt, ich zitiere: Durch die immer stärker fortschreitende Industrialisierung der Landwirtschaft enthalten unsere heutigen, auf Kunstdünger-Boden gewachsenen Pflanzen immer weniger Mineralstoffe. Diese Entwicklung ist sehr bedenklich, da die verschiedenen Mineralstoffe wichtige, ja lebensnotwendige Funktionen im Körper erfüllen. Der Gefahr des Mineralstoffmangels und damit der Gefahr, daß wichtige Körperfunktionen nicht mehr ausreichend funktionieren, können Sie mit den Mineraletten wirksam begegnen. Zitat Ende.

Das könnte man zwar hübscher formulieren, aber inhaltlich ist das zu unterstreichen. Das ist einfach wahr! Wahr ist aber auch, daß ich aufs Rad steige und mich nicht mehr auf das Rad schwinge!

Ich bin so gut zu meinem Körper, warum ist er nicht gut zu mir? Warum hintergeht er mich mit der Zeit, betrügt er mich mit dem Altern? Meine Psyche hat das Geheimnis ewiger Jugend enthüllt, warum nur stellt sich meine Physis so dumm?

Wer hat ihr das Zählen beigebracht, sie verführt zum Stammesstolz der Bäume?

Romanisch-schlanke Hüften will ich behalten, nicht Jahresringe gürten wie eine dick-deutsche Eiche! Ab achtzig gebe ich mit meinem Alter an, aber vorher halte ich es mit dem Understatement. Noch kann ich lügen auf Biegen und Brechen, noch habe ich die Kraft zu kämpfen gegen das drakonischste aller Naturgesetze: das des Verfalls.

Ich will so bleiben, wie ich bin!

Nun gut, das ist der Slogan einer Diät-Margarine, ›Du darfst‹, gertenschlanke Frauen, die sich mit eingezogenem Bauch in den Schaufenstern der Boutiquen spiegeln, eiligen, weitausholenden Schritts vor der Zeit flüchten, die Haare werfen und trotzig beschließen: Ich will so bleiben, wie ich bin!

Außen schlank, innen weise. Rank und reif zugleich.

Das muß sich doch machen lassen. Mein Körper soll das grazile Gefäß eines gewaltigen Geistes sein. Darf ich sagen: bleiben?

Das Nähen hat man mir nicht beigebracht und nicht die Einsicht in die Unumgänglichkeit der Verwüstung. Ich bin das erbarmungswürdige Opfer einer mannstoll-jugendkultischen Erziehung.

Was willst du denn einmal werden? wurde ich zur Einschulung gefragt.

Hölderlin, schrie ich, mit der Zuckertüte aufstampfend.

O, sagte Fräulein Raabe, Dichter!

Nein, tobte ich, Bonbons nach ihr werfend, ewiger Jüngling!

Da war ich knapp sechs!

Ingeborg lächelt: Du Guter!

Viktor wirft einen besorgten Blick auf den bleichen Dorn, der auf die Tastatur seiner Schreibmaschine eindrischt, als wolle er die Buchstaben erschlagen.

Schreibst du einen Drohbrief? fragt er.

Nein, zischt Dorn, einen Fluch!

Beruhigt exhibitioniert Viktor seinen Luxuskörper auf der Terrasse des Ferienhauses.

Dorn, halblaut zwischen den Zähnen: Warum der sich einölt, möchte ich wissen. Die Sonne scheint doch gar nicht.

Warum der so einfältig ist, möchte ich wissen, entgegnet Viktor, der hat wohl noch nie etwas von UV-Strahlen gehört.

Dann in direkter Ansprache: Ein bißchen Farbe stünde dir auch nicht schlecht.

Dorn kriecht zur Panoramascheibe und erschrickt vor seinem Spiegelbild: In einem Jogging-Anzug aus dem Twen-Shop steckt ein Mann mittleren Alters, der seine Augenringe hinter einer 50er-Jahre-Sonnenbrille versteckt. O, no! denkt er, bin ich das?

Zufrieden? fragt Viktor.

Point du tout! faucht Dorn. In allen ihm bekannten Fremdsprachen möchte er sein Entsetzen über diesen Mann mittleren Alters ausdrücken, zu dem ihm kein einziges deutsches Wort einfallen will, einfallen darf! Denn vertraute Worte würden ihm diesen Mann vertraut machen, würden ihn näher kommen lassen, und, jedesmal, wenn Dorn sich im Spiegel betrachten und überprüfen wollte, würde sich dieser Mann vor ihm aufbauen und hämen: Wenn Sie mal bitte schauen wollen! Ich, mein Herr, bin nunmehr Ihre Erscheinung. Genießen Sie diesen Anblick! So jung wie heut kommen wir nie mehr zusammen.

Dorn flüchtet ins Haus. Mitten im Zimmer bleibt er stehen, schlägt sich mit der flachen Hand auf die Stirn und sagt laut und befehlend: Nun werde, bitte, nicht hysterisch! Du mußt dir dein Geld ja nicht auf dem Strich verdienen.

Erschöpft sinkt er aufs Sofa.

Alles in Ordnung? fragt von draußen Viktor.

Dorn betrachtet seine Hände. Komm doch mal bitte her.

Er streckt Viktor die Hände entgegen.

Sind das Sommersprossen oder Altersflecken?

Du Blindfisch, sagt Viktor, es ist die Pest.

Dorn schießt das Blut in den Kopf.

Sorry, sagt er zu Viktor.

Und Viktor verzeiht.

Stadt, Land, Kuß...
Brief an eine schöne Seele

Nein, es langweilt mich nicht, daß Du, nach den Oster- und Sommerferien, nun auch noch, verzeih! nun auch die Herbstferien mit mir verbringen willst, wirklich nicht! Echt nicht!

Aber sag einmal ganz ehrlich: Wärst Du auch so anhänglich, wenn ich, statt in Berlin, in Braunschweig oder Bochum lebte, oder gar auf dem flachen Lande wie Du?

Glaub mir, Lieber, aufrichtig freue ich mich auf Dich, und keinen Zweifel hege ich an Deiner Liebe; zumal es Deine erste Liebe ist. Und die kennt weder List noch Tücke, heißt es! Es stimmt doch, daß ich der erste – und einzige – Mann in Deinem Leben bin, oder?

Natürlich stimmt es, echauffier Dich nicht! Und stimmte es nicht, ich hülfe Dir, diese Lüge aufrechtzuerhalten. (Mokier Dich, bitte, nicht über ›hülfe‹, das ist reiner – hätte ich doch fast geschrieben ›reinster‹ – Konjunktiv! Benutz ihn gelegentlich, er ist eleganter als diese unbeholfenen ›würde‹-Konstruktionen.)

Apropos: Schulmeistern. Wie läuft's in der Penne?

Sagt Ihr das eigentlich noch: ›Penne‹? Ich hör nicht sehr aufmerksam zu, wenn Ihr redet.

Zurück zu Deinen Ferienplänen.

Natürlich bist Du mir herzlich willkommen. Die Stadt und ich erwarten Dich. Berlin freut sich, Dorn freut sich, Du freust Dich…

Laß es uns diesmal anders machen als sonst. Laß uns ein wenig variieren; das hält die Liebe frisch.

Also, hier einige Anleitungen, Vorschläge, wenn Dir das lieber ist: Flieg nicht wieder in Tegel ein, und, bitte, reise nicht wieder mit Deinem schwarzen Aktenkoffer!

Der macht Dich alt – und mich verunsichert er.

Wenn ich Dich mit ernster Miene an dem Zahlenschloß herumfummeln sehe, bedaure ich für Sekunden, auf eine bürgerliche Karriere verzichtet zu haben. Mit diesem Samsonite für die Oberstufe unterscheidest Du Dich kaum von den mitreisenden Geschäftsleuten; allenfalls durch Deine schmaleren Hüften, deinen runderen Hintern, Deinen federnden Gang, Dein wildes Haar, Deine blitzblanken Augen, Deinen Flaum, den güldenen Flaum auf Deiner Oberlippe, Deiner kirschkußroten Oberlippe und Dein nimmermüdes Glied (ach, Dein Glied!).

Nun erröte doch nicht, Du mußt diesen Brief ja nicht unbedingt Deiner Frau Mutter auf die Nase binden. Denk an Deinen Sozialkundeunterricht: Eines der in unserer Verfassung verankerten Grundrechte ist das Briefgeheimnis. Demonstrativ im Grundgesetz blättern mußt Du, wenn Deiner Mutter gütig-gierige Hände nach meinen Zeilen greifen wollen.

Es tut mir übrigens leid, so physisch geworden zu sein. Du grübelst jetzt sicher wieder die halbe Nacht, ob ich in Dir nur ein Sexobjekt sehe, stimmt's?

Hier hast Du es, nochmals!, schriftlich: Ich liebe Deine schöne Seele, ich verehre die Lauterkeit Deines Charakters, ich beuge mein Knie vor der Majestät Deines Geistes. Daß Geist, Charakter und Seele in einem so vollendeten Körper ruhen, nehme ich hin ohne Murren. (Solcher Komplimente wegen vergötterst Du mich, stimmt's?)

Doch weiter mit den Anleitungen, Vorschlägen, wenn Dir das lieber ist. Kurzum: Zurück zum Zoo.

Natürlich werde ich Dich auf dem Bahnsteig erwarten – primanermäßig aufgeregt, wenn Du darauf, auch auf diese Formulierung, Wert legst. Aber dort werde ich Dich noch nicht, routiniert & herzlich, in die Arme schließen. Folgendes Spiel werden wir treiben: Du steigst aus dem Zug – und, bitte, steig behend, kraftvoll aus dem Zug! Nimm nicht die Stufen, sondern spring! Federe ab in den Knien, damit ich die Kontraktionen Deiner Oberschenkelmuskulatur betrachten kann, aus meinem Versteck hinter dem Pfeiler. Das wird uns gehörig erregen!

Darauf begibst Du Dich – wippend und wiegend – in die Bahnhofshalle, wo Du Dich – breitbeinig – unter der Normaluhr aufzubauen hast. Dann legst Du Deinen Rucksack ab, als striffest Du (reiner Konjunktiv!) die Träger eines Muscle-Shirts von den Schultern (ach, Deine Schultern!), klemmst ihn, den Sack, zwischen die Knie und wühlst in Deiner rechten Gesäßtasche (ach!) nach einem Kaugummi. (Geld für Kaugummi und Rucksack lege ich bei. Kein Wort, Du empfängst es ja nicht als Freierslohn).

Kaugummi, bitte, mit offenem Mund kauen und dabei nuttig aus den Augenwinkeln Männern über Vierzig nachschauen.

Vielleicht leckst Du Dir mit der Zungenspitze Ober- oder Unterlippe, aber da will ich Dir nicht reinreden.

Warum das alles, magst Du verstört fragen. Verstört und erregt, will ich hoffen!

Nun, mein lieber Junge, die Welt ist laut Shakespeare eine Bühne, und uns beide hat das Schicksal nicht ins Parkett gesetzt.

Ob ich Dich simpel auf dem Bahnsteig begrüße, oder raffiniert in die Halle stelle – unweit der Treppe zum Kellerabort, den ich übrigens diesmal auf Dein

Besichtigungsprogramm gesetzt habe – Rollen, mein lieber Junge, spielen wir eh; Du die sehr dankbare des jugendlichen Helden, ich die so vielschichtig anzulegende des morbiden Verführers. Deine Mutter hält mich für einen anständigen Kerl, weil ich nicht an der Nadel hänge. Daß ich das schleichende Gift der Dekadenz bin, hat sie nicht gerochen, die alte Spürnase.

Wenn sie wüßte, daß Berlin Sodom ist – diesseits der Mauer, und jenseits Gomorrha...

Wie dem auch sei, wir kommen nun zu Akt I, welchselbiger in der U-Bahn spielt. Nicht, daß ich das Geld fürs Taxi sparen will – Du weißt, erst in Deinen Großen Ferien entdeckte ich, daß hier Nachtbusse eingesetzt werden –, aber diesmal, denk ich, muß Deine Heimholung (gut?) unter den Augen der Berliner Öffentlichkeit stattfinden; einer permanent genervten Öffentlichkeit, die des Schiebens und Schubsens in den Massenverkehrsmitteln so müd und wund ist, daß sie auf jeden zusätzlichen Fahrgast gereizt reagiert. Nichts läßt die Berliner Malocherseele heißer kochen als ein westdeutscher Primaner im Ferienglück. Meine mieslaunigen Mitbürger werden sich über Deinen prallen Rucksack ärgern, bei dessen Kauf Du, bitte, Geschmack beweisen möchtest; ein bißchen mehr als Kreisstadt-Schick darf es ruhig sein und getrost kosten. Vor allem werden sie sich über Dein rustikal-vitales Aussehen ärgern. Mach dir nichts draus, genieß es, diese Stadt ärgert sich sowieso über jedes Lebewesen, das nicht Rentner ist oder Dackel oder Bulle oder Panda-Bär. Knautschke ist dieser Tage übrigens Großvater geworden! (Erklärung folgt)

Zu oben: Ich halte Dich keineswegs für ein Landei, Lieber, Du wirst jedoch zugeben, daß das Urbane sich noch nicht auf Dein unerschlossenes Gesicht gelegt hat. Schau mich an, dann siehst Du, wie die Stadt einen zeichnet.

Auch neige ich zu der Ansicht, daß man nie seinen Geburtsort verläßt, daß ich also immer Berliner sein werde und Du der ständige Stader (oder heißt das ›Stadenser‹ oder ›Staderer‹, wie zum Teufel nenn ich mein blondes Gift aus dem hohen Norden?).

Ich liebe Dich auch, weil Du Kleinstädter bist, westdeutscher Exot! Weil ich die Perversion in der Provinz präsenter weiß als hier in dem kapitalistischen Sodom und dem sozialistischen Gomorrha. Diese Stadt muß alles einführen, die Nahrungsmittel und die widernatürlichen Neigungen. Den Rohrstock hat sie, glaub ich, auf eigenem Mist wachsen lassen, aber der will Dir einfach nicht schmecken.

Sei's drum, wir sind noch immer im 1. Akt, in der U-Bahn, uns schubsend und schiebend Richtung Walter-Schreiber-Platz, uns verschlingend mit hungrigen Augen. (Wenn Du an dieser Stelle nicht den Brief aus der Hand und in sie Dein Glied legst, bist Du ein Fisch.)

Wir kommen nun zu Akt II, welchselbiger in meiner Wohnung spielt. Dramaturgischer Ablauf wie gehabt: Gepäck in die Ecke schmeißen, Kleider vom Leib reißen, wenn möglich ohne Dreiangelpanik Deinerseits, Liebesbeteuerungen stöhnen, wenn möglich ohne Bronchienrasseln meinerseits, Unverzichtserklärungen wispern, ehrlich gemeint unsererseits und töricht gedacht, Besitzergreifungen hauchen, ›mein‹ aus beiden Mündern, dann Kuß, dann Biß, dann Saugen und Stöhnen wieder und Wispern und Hauchen und endlich Atmen im Takt.

Du verstehst: Dramaturgischer Ablauf wie gehabt. Hosen wechseln, Flecken behandeln, der Kleinkram danach.

Gut!

Wenn wir also unsere Mütchen gekühlt haben (Bitte, überprüfen, ob ›Mütchen‹ in den Plural gesetzt werden darf!), gibt's was zu essen, bei Kerzenlicht und schwüler Musik.

Lieber, vielleicht gelingt es Dir diesmal vor Reiseantritt Deine herzensgute Mutter davon zu überzeugen, daß ich, obwohl in keinem festen Arbeitsverhältnis stehend, dennoch nicht am Hungertuch nage. Will sagen: Laß Dir nicht wieder Ringe von Eichsfelder Dauerwurst, Laibe Hohenweststeder Roggenbrots, Gläser mit Eingemachtem unbestimmter Herkunft und pfundweise Onko-Kaffee – lieb von ihr, immer ist es ›Der Festliche‹ – ins Gepäck schmuggeln. Und bei Gelegenheit frage sie, was uns beiden die Klinikpakkung Tempo-Taschentücher sagen soll, die so unziemlich Deinen Aktenkoffer ausbeult. Wir haben gewiß keine faulen Lenden, aber so viel Ejakulat, wie Deine Mutter vermutet, ist halt doch nicht aufzuwischen.

Bring ihr schonend bei, daß die Blockade aufgehoben ist und daß sie Deinetwegen keinen Rosinenbomber zu chartern braucht. Sag ihr, daß Berlin nicht darbt.

Du wirst hier nicht vom Fleische fallen; so rund und gesund wie Du hier eintriffst, wirst Du auch wieder aufbrechen – unendlich satter sogar und unendlich hungriger.

Von einem Hunger spreche ich, den Dauerwurst und Eingemachtes nicht zu stillen vermögen. Das mütterliche Sorgemonopol für Dein leibliches Wohl existiert nicht mehr, das liegt nun auch in meinen Händen. In Stade kommt eigentlich nur noch Dein Bauch zu seinem Recht, alle anderen Organe – und Sinne – bedürfen der Berliner Betreuung. Aber das mußt Du Deiner Mutter nicht unbedingt aufs Bio-Brot schmieren. Dein Taschengeld soll sie endlich erhöhen, mit einer Cola pro Stunde kommst Du in Deinem Alter nicht mehr durch die Nacht.

Genug vom Geld. Ich habe zwar keine Kommunalobligationen und Bausparverträge – im Gegensatz zu einem jungen Mann, dessen Namen in diesem Zusammenhang zu erwähnen, mir gar zu peinlich ist; ärgere Dich nicht, ich konnte mir damals meine Konfirmationsgeschenke auch nicht aussuchen – aber dafür hat mir die Bank einen wunderschönen Überziehungskredit eingeräumt, den wir ausschöpfen werden ohne Scham.

Und notfalls schickst Du mich einfach auf den Strich – schau nicht so skeptisch, es gibt Männer, denen munde ich wie junger Wein aus alten Schläuchen. Für Dich, Du schöne Seele, gehe ich sogar anschaffen, in der Bahnhofshalle ›Zoologischer Garten‹, unweit der Treppe zum Kellerabort, eingenäht in die engen, verwaschenen Jeans, die Du hoffentlich tragen wirst, wenn wir uns dort in einer Woche treffen werden.

Aprospos: Styling. Nichts gegen ›Quelle‹, ›Otto‹, ›Neckermann‹ und ›Witt/Weiden‹, nichts gegen die Versandhausbranche, die Tausenden von Menschen Lohn und Brot beschert, nichts gegen Frau Schickedanz (nomen non est omen) und das bequeme Bestellen aus den foliantenschweren Katalogen – selbst ich orientiere mich in ihnen gern über die neuesten

Trends in der Knabenunterbekleidung –, alles aber, mein lieber Junge, gegen die dort vorgeführte Mode. Die ist einfach nicht kleidsam, sie verhüllt, verbirgt nur Deinen wunderschönen Körper, zeichnet nicht dessen atemberaubende Silhouette nach, betont oder unterstreicht nicht die eine oder andere Wölbung oder Rundung, sondern verwischt, verfälscht, verleugnet. Meinem kundigen Blick hast Du es zu verdanken, daß ich unter Deinen karierten Kartoffelsackhosen sofort – beim ersten abschätzenden Blick – das klassische Maß, das Ebenmaß Deiner achtzehn Jahre erkannte.

Und natürlich Deine schöne Seele, Deinen lauteren Charakter ect. pp.

Drum leg Feuer an Deine Pilotenhemden, setz Deine Thermohosen in Brand und laß den roten Hahn durch Deinen Kleiderschrank flattern. Ich beschwöre Dich: Zündle, brandschatze um des guten Geschmacks willen! Selbst auf die Gefahr hin, daß Dein spanplattes Jugendzimmer den Flammen zum Opfer fällt – mitsamt Deiner emsigen Mutter, die gerade unter dem Klappbett mit dem Mop hantiert. Der Fashion muß man Opfer zu bringen bereit sein, der Schönheit gar sich letztlich selber opfern – Du verstehst, was ich meine? Wir können gern einmal über die Begriffe ›Rigorosität und Ästhetik‹ diskutieren. Du diskutierst doch so schrecklich gern. Wenn Du Dich dabei ereiferst, möchte ich immer in Deine roten Bäckchen beißen … Ich schweife ab!

Zu obigen Ausführungen nur noch dies: Sieh, bitte, nie mehr so aus wie dieses 40jährige Modell auf S. 247 des Otto-Katalogs, das davon träumt, in ›Boss‹ zu stekken!

Danke!

Soweit zum Outfit, ich erteile nun, damit Dein Besuch nicht nur ein geschmacklicher, sondern auch ein gesellschaftlicher Erfolg wird, einige Ratschläge zum Verhalten in der Öffentlichkeit. Gestatte mir, diesen Absatz ›Vom comme-il-faut im FLORIAN oder Wie geriere ich mich in einem Scene-Laden‹ zu überschreiben.

1. Ich stöhne nicht – jedenfalls nicht in Gegenwart des Kellners – über die Preise! Gewiß bekommt man von den zwanzig Mark für die kleine Vorspeise eine komplette alternative Wohngemeinschaft satt, oder halb Stade, aber mir, mir und Dir, steht ja wohl nicht der Sinn nach Serbischer Bohnenbüchse in angeschlagenen, orangenfarbenen Keramikschüsseln, serviert auf kackbrauner Jutedecke. Verzeih dieses Wort aus der Fäkalsprache, aber wenn ich an unser Essen bei der Tony, dem Werner, dem Holger und der Anna in der Ackerstraße denke, Du wolltest mir unbedingt Stader Emigranten vorstellen, vergreif ich mich heut noch im Wort. Reg Dich ab, das sind bestimmt herzensgute Menschen, keine Frage, und Du weißt auch, wo ich politisch stehe, links im Grünen, aber das heißt noch lange nicht, daß mein Wahlverhalten sich in meinem Schönheitssinn niederschlagen muß, oder?

Tische mit weißen, gestärkten Decken und Kellner in weißen, gestärkten Schürzen haben halt ihren Preis. Und den zahle ich, ohne zu klagen, oder?

Gut!

2. Ich kritisiere nicht – jedenfalls nicht in Gegenwart des Kellners – das Verhältnis zwischen Preis und Leistung, oft, ich gebe es zu, ein Gefälle schrägster Dimension.

3. Ich lasse mich gern übervorteilen – jedenfalls in Gegenwart des richtigen Publikums in den richtigen Läden.

Können wir uns darauf verständigen, mein lieber Junge? Allein die Tatsache, daß Du im FLORIAN niemandem aus Deiner Heimatgemeinde begegnen wirst, sollte Dir ein paar Mark wert sein.

4. How to tip: Es gilt die Faustregel ›10 von 100‹. Verschwenderische Neureiche, Boutiquenbesitzer, Zahnärzte, dergleichen..., schlagen auf die Zehn noch Fünfe drauf, aber ich denke, das können wir außer acht lassen. Wir wollen schließlich nicht auffallen durch generöse Hartgeldverteilung. Wir wollen überhaupt nicht auffallen, das besorgen bestens die heftigen Maler und deren Pinselwäscher.

Haben wir sechsundvierzig Mark zu zahlen, einen Betrag, der Dir im FLORIAN oder DSCHUNGEL zwei Perrier und zwei Espressi kauft, sagen wir folglich..., na, was sagen wir?, ...fünfzig! Sehr richtig! (Es lohnt sich doch, den Leistungskurs Mathematik zu belegen). Nie jedoch, Lieber, sagen wir: Fünfzig, stimmt so! Und nie kramen wir unser Geld aus einem erdfarbenen Brustbeutel, der uns an einem Schnürsenkel um den Hals hängt!

Merke: Diese Stadt will von der Jugend alles, nur nicht ihr Geld, da zahlt diese Stadt lieber drauf.

Du siehst, um auf dem Berliner Parkett nicht auszugleiten, bedarf es rutschfester Sohlen (das ist eine Metapher und kein Urschuh-Lob!) und eines sicheren Begleiters. Selbstlob ist mir eigentlich fremd, aber Du wirst zugeben, es diesbezüglich mit mir hervorragend getroffen zu haben. Hummer, das brauchst Du mir nicht zu sagen, liegt jenseits meiner pekuniären Potenz (schlecht!), aber ich weiß ihn geschickt zu tranchieren.

Eines fernen, fernen Tages, wenn wir uns nur noch lieben und nicht mehr besuchen, wirst Du mit einem Oldenburger Immobilienmakler liiert sein, der viel Kohle und wenig Manieren hat. Sollte er beides vorweisen, bring ich ihn um mit meinem Kaviarmesser. Und dann darfst Du mich wieder besuchen.

Auf den Restaurantbesuch folgt, wie im richtigen Leben, der Barbesuch.

Zögernd nur, und mit allem gebotenen Feingefühl, schneide ich dieses etwas heikle Thema an. Denn bei den Bars, die zu sehen Du so verdächtig spitz bist, handelt es sich immerhin um diese Thomas Mann'schen ›nächtlichen Schlupfwinkel der Liederlichkeit‹ (oder heißt es: ›liederlichen Schlupfwinkel der Nacht‹?). Wie auch immer: um schlüpfrigstes Pflaster!

Dir wird auffallen, daß man in Berlin festen Boden höchst selten unter die Füße bekommt, was nicht nur daran liegt, daß diese Stadt auf märkischem Sand erbaut wurde.

Zweifellos kann man auch hier seinen Weg machen, ohne zu straucheln, jedoch nur dann, wenn man nie vergißt, daß die hiesigen Straßen immer vereist sind. Diese Stadt ist cool, total cool! Echt mal!

Grob geschätzt gibt es hier fünfzig schwule Bars und Cafés, von denen Du, grob geschätzt, einundvierzig vergessen kannst.

Ach, ich kenne sie alle, immerhin tingle ich bereits knapp zwei Jahrzehnte auf diesen Kleinkunstbühnen mit Getränkeausschank. So bin ich, um Dir ein, zwei Beispiele zu geben, mehrfach schon im ›David‹ aufgetreten, einer Bar jenseits von in und out, einem

Schlupfwinkel, den es schon immer gab, den es immer geben wird. Mangelnde Anziehungskraft wird, wie im Tier- und Pflanzenreich, mit Zählebigkeit belohnt. Dieses Bar-Design erinnert an die Kulissen einer Aufführung der Theater-AG des Stader (Stadenser/Staderer) Gymnasiums, entworfen von einem heftig-latent homosexuellen Kunsterzieher, dem vor Jahr und Tag bei seinem Hausarzt je ein Exemplar von ›Schöner Wohnen‹ (Wir richten uns orientalisch ein) und ›Bild der Frau‹ (Warmes Licht – schönes Gesicht) in die Hand gefallen war.

So sind z. B. die Lampen über dem Tresen liebevoll-fahrlässig mit unzähligen bunten Plastikmosaiksteinchen beklebt. Aus zwanzig Meter Entfernung sehen sie ganz gewiß aus wie die Laternen in einem marokkanischen Knabenbordell, nur wirst Du zwischen Dich und die Lampen nie zwanzig Meter Entfernung legen können, weil die Bar kaum größer ist als eine geräumige Schmuckschatulle.

Wie eine solche wird sie von ihrem zeitlos schnuckligen Wirt, der entweder gerade aus Mallorca zurück oder dorthin zu fliegen im Begriff ist, geführt. Diesen tänzelnden Vierfarbenkatalog für flotte Freizeitmoden – ich sage nur: Otto – ziert eine glänzende Bräune, die seine oft wechselnden, stets verhärmten Barkeeper, Lohnabhängige belege ich gern mit diesem Adjektiv, nur um so blasser aussehen läßt unter ihrer abklingenden Jugend-Akne. Hinter dieser Arbeitgeber-Arbeitnehmer-Farbabstufung vermute ich ein System sadistischer Sonnenzuweisung.

Bis zur Fleischwerdung des marmornen David wird im ›David‹ getrudelt, Nacht für Nacht wird um ein Getränk getrudelt, dessen Exotik jeden ›Dschungel‹-

Cocktail in den Schatten stellt: Um Asbach-Cola nämlich!

Hast Du jemals in Deinem jungen Leben, in Deinem herrlichen, jungen Leben – wie ich einem ›arm‹ immer ein ›bettel‹ voranstellen muß, geht mir kein ›jung‹ ohne ›herrlich‹ durch – hast Du also jemals Asbach-Cola getrunken?

Nein?

Mach es! Tu es! Trink es, bitte, noch heute! (Geld für Asbach liegt bei; Cola wird vorrätig sein, nehme ich an.)

Dieses Getränk wird Dich in eine Welt entführen, die so fremdartig ist, daß Du Dich in ihr verhedderst wie in maßlos gesponnenem Seemannsgarn. Wiederum wirst Du straucheln, ein ›ABC‹, und Du fällst in eine Buckower Sozialbauwohnung, landest zu Füßen eines Kfz-Mechanikers und dessen Verlobter, die sich gerade das Make-up aus den etwas zu kleinen, etwas zu ausdruckslosen Augen weint, weil sie zum zweiten Mal durch die Friseur-Gehilfinnen-Prüfung gerasselt ist. Wenn er, ca. 25, nach dem vierten ›ABC‹ spitz ist, und sie, ca. Dein Alter, eingesehen hat, daß sie sich nicht nur im Friseursalon, sondern auch im Haushalt verwirklichen kann, zieht er ihr, auf einem saharabraunen Ledersofa vom Abholmarkt, den schwarzen Viskose-Slip, den trägt sie freitags gern, von den schorfig-rasierten Beinen und träufelt Asbach-Cola auf ihre Scham.

Auch das ist Berlin, mein lieber Junge, und nicht das untypischste. Aufregend, weil unerforscht von mir und meinesgleichen.

Schlägst Du bei dem Kfz-Mechaniker zehn Jahre drauf – Mein Gott, ich wiederhole mich in meinen

Redewendungen! Das möge Dir, bitte, nie unterlaufen. Geld für Synonym-Lexikon liegt bei – und verwandelst Du die Verlobte in einen Mann vergleichbaren Ausbildungsniveaus, erhältst Du einen getreuen Querschnitt der Gäste einer Kneipe namens ›Kornkammer‹, unseres zweiten Beispiels. Hier ist, anders als bei Frau Schickedanz, nomen treffliches omen. Hier wird fleißig und unermüdlich der Korn eingefahren, rund um Uhr und Jahreszeiten. Mit bäuerlicher Trinkfestigkeit und städtischem Leichtsinn wird hier Erntedankfest gefeiert vom 1. Januar bis zum 31. Dezember. Nur am 4. Oktober bleibt die ›Kornkammer‹ geschlossen, da begeht, laut Kalender, die Mark Brandenburg ihr Erntedankfest.

Soviel zu dieser Alki-Kneipe (›Alki‹ sagt man doch in Stade, oder?). Wir werden sie nicht betreten.

Meine Abneigung, Dich in die schwule Scene einzuführen, vermag ich schlecht nur zu verhehlen, stimmt's?

Wie erklären wir uns das?

Eifersucht ist es nicht, glaube ich, nicht Furcht, Du könntest Dich in einen kellnernden Schnauzbart oder in ein rotkariertes Baumfällerhemd mit haarigem Inhalt verlieben; es ist der sicherlich törichte Wunsch, Dir ›das alles‹ zu ersparen, die Stätten dieser Scene und ihre Sitten, und das Unstatthafte und das Unsittliche.

Du, mein klarer Quell, sollst nicht unter ihrer Weigerung leiden, die Geilheit mit dem Geist zu versöhnen, beim Bumsen das intelligente Wort zuzulassen, in Leder zu lächeln. So, wie diese Stadt geteilt ist, ist auch das Leben in ihr geteilt. Schwerlich wirst Du hier ein Ganzes finden, einen ganzen Menschen.

Wenn der Westberliner fickt, ist seine Fröhlichkeit im Osten, ist er fröhlich, beantragt seine Erotik einen Passierschein.

Fast alle Berliner sind zwei Königskinder, es ist zum heulen. Ihren Witz haben die hiesigen Schwulen bei Harald Juhnke abgegeben, und der kann sich natürlich an nichts erinnern. Ihre Geilheit wollen sie allenfalls den schwarzhäutigen Vertretern der Schutzmächte anvertrauen, aber die steigen Buckower Friseurgehilfinnen nach und prügeln sich mit deren Verlobten.

Auch geht in dieser Stadt ein Geiz um, ein intellektueller, ästhetischer und, vor allem, sexueller Geiz.

Alles soll billig sein und schnell gehen. Die leidenschaftliche Nacht und das gute Gespräch hebt der Berliner sich für die Wiedervereinigung auf, darauf spart er wie ein Hamster. Ach, Lieber, wie hast Du's gut in Stade, dieser ungeteilten Hauptstadt des gleichnamigen Regierungsbezirks am Westrand der Elbmarschen, westlich von Hamburg, mit seinen malerischen Kirchen, dem Rathaus (1667); Landgericht, IHK, Museen; Schiffswerft und vielseitiger Industrie.

Unsereins muß doch stündlich damit rechnen, von Tscherkessen und Mongolen penetriert, der Rolex-Imitation beraubt und in die Steinbrüche von Novoschorsk und Slavograd verschleppt zu werden. Da lach nicht, da frag die Berliner!

Du kennst Uniformen nur von den Festaufzügen der Freiwilligen Feuerwehr, ich aber spüre in meinem Nacken, nachts bei ostwärts geöffnetem Fenster, den heißen Atem der Roten Armee.

Pack Stade ein und komm! Bleib hier und schick Berlin zu Deiner Mutter; die wird mir meine Heimat wieder aufpäppeln. Aber was Deine vereinnahmende

Frau Mutter einmal in den Händen hält, gibt sie nicht wieder her. Und dann sitze ich hier mit Dir und Deinem Stade (42 000 E.) und weine mir die Augen aus nach Berlin, wie unsere Hilde in Hollywood.

Also, lassen wir es so, wie es ist, und lassen wir, wie immer, die Stadt das Land küssen, mich also Dich, Du schöne, schöne Seele.